Das Leben ist zu kurz, um keinen Bus zu kaufen.

von Gerald Hams

Die Deutsche Nationalbibliothek verzeichnet diese Publikation in der Deutschen Nationalbibliografie; detaillierte bibliografische Daten sind im Internet über http://dnb.dnb.de abrufbar.

Die automatisierte Analyse des Werkes, um daraus Informationen insbesondere über Muster, Trends und Korrelationen gemäß $44b UrhG („Text und Data Mining) zu gewinnen, ist untersagt.

© 2025 Gerald Hams

Verlag: BoD · Books on Demand GmbH, In de Tarpen 42, 22848 Norderstedt, bod@bod.de
Druck: Libri Plureos GmbH, Friedensallee 273, 22763 Hamburg
ISBN: 978-3-7693-2893-6

Prolog

Teil I - Die Suche

Teil II - Der Umbau

Teil III - Der erste Urlaub

Prolog

>>Kommst du da durch?<<, fragte mich Maja, als wir auf
den Hof der KFZ-Prüfstelle fuhren.
>>Ich hoffe! Aber wo die Feuerwehr lang muss, passen
wir auch durch...!<<, erwiderte ich.

Nach unzähligen Versuchen, einen Termin bei einer
Prüfstelle in unserer Nähe zu finden, die uns auch
tatsächlich die Abnahme zum Sonder KFZ ermöglichen
wollte, hatten wir in unserer nahliegenden Nachbarstadt
einen unfassbar netten Prüfer gefunden, der uns, so kurz
vor dem bevorstehenden Sommerurlaub die lang
ersehnte Prüfplakette erteilen könnte. Online Termine
waren bis in den Herbst nicht zu bekommen. Doch genau
dieser Prüfer hatte uns, nach einem längeren Telefonat,
indem wir unsere Situation dargestellt hatten,
unbürokratisch Hilfe angeboten. Nun also, sogar
fünfzehn Minuten vor der Zeit, rollten Maja und ich mit
unserem frisch umgebauten Wohnbus auf den Hof. Ein
wenig aufgeregt waren wir schon, obwohl wir eigentlich
alle erforderlichen Unterlagen im Gepäck hatten. Aber

man wusste ja nie... Durch die Hektik der letzten wirklich turbulenten 6 Monate konnte schon mal die ein oder andere Sache untergegangen sein. Aber der Reihe nach: Eigentlich hatte alles vollkommen entspannt angefangen...

Teil I – Die Suche

1 Nach dem Projekt ist vor dem Projekt

Es war ein schöner Tag, der letzte im August, die Sonne brannte so...! Naja nicht so ganz. Es war eher wie immer in unserem Breitengrad. Knappe 20 Grad und Regen. Trotzdem saßen wir im Garten unter unserem Abdach und philosophierten mal wieder, welches Projekt wir als nächstes in Angriff nehmen wollen. Wir hatten gerade aus zwei Haushalten einen gemacht, um endlich auch offiziell zusammen wohnen zu können. Wir, das sind Maja, 37 und ich, Henry 42 Jahre alt, mit unserem fast 1-jährigem Sohn Willi, Majas 7 jährigem Sohn Oskar und meinen Kindern Paul, 18 Jahre, Justus, 16 Jahre und Elli 9 Jahre. Ach ja zwei Hunde haben wir auch noch. Die 12 jährige englische Setterdame Masha und der 13 jährige Senfhund Murphy – Senfhund, weil jeder seinen Senf dazu getan hat. Und Murphy hat seine eigenen Gesetze.

Das Haus war nun quasi fertig, wobei tatsächlich jeder ein eigenes Zimmer bekommen hatte. Außer natürlich Maja und ich, denn wir legen nicht so viel Wert auf getrennte Schlafzimmer.

Es war also jetzt wieder soweit, nach dem Projekt ist vor dem Projekt und so überlegten wir, wie wir am besten ein Zimmer für Majas kreative Ideen zusätzlich schaffen konnten. Vielleicht ein Gartenhaus - zu gewöhnlich, oder eine Fertiggarage - zu hässlich. Ein Bauwagen vielleicht... Schon besser! Also im Internet nach Bauwagen suchen. Eher schwierig, weil entweder alt und runtergekommen oder neu und zu teuer...

Aber was stand denn da als weiterer Vorschlag bei den Kleinanzeigen. Alter Linienbus, bedingt fahrtüchtig als Spielhaus etc. zu verkaufen. Für Selbstabholer. Standort – und da war der Haken: Bayern. Genauer an der österreichischen Grenze. Hieß mal eben siebenhundert Kilometer. Aber die Idee war geboren. Es sollte nun also ein alter Bus zum Atelier umgebaut werden. Der nächste

Haken war, wie bekommen wir den Bus in den Garten. Eine so große Einfahrt war leider nur durch Abriß der Garage zu schaffen. Oder mit einem Schwerlastkran den ganzen Bus über das Haus heben. Sollte machbar und tatsächlich auch bezahlbar sein. Also wurde die Suche nun auf Busse jeglicher Art im Umkreis von maximal fünfzig Kilometern gestartet.

Da hätte man direkt eine Null dran hängen können. Denn die meisten Busse in der Nähe waren entweder unbezahlbar oder voll Schrott. Aber was auffiel waren Anzeigen, bei denen der Umbau zum Wohnbus empfohlen wurde. Mit dem, für die Großfamilie viel zu klein gewordene Wohnmobil im Hinterkopf, reifte eine viel verrücktere Idee heran. Warum nicht ein Mobiles Atelier? Nach einigen Recherchen gelangten wir auf Seiten von total positiv verrückten Wohnbusumbauern, welche gar nicht so selten zu sein schienen. Also wurde die Suche verändert und siehe da, mit jeder neuen Anzeige nahm der Traum vom aussergewöhnlichem mobilen Wohnen Gestalt an. Doch bei aller Träumerei wuchs auch der Respekt vor den zu meisternden Hürden. Zum einen hatte keiner von uns einen gültigen Führerschein für Busse, noch waren wir uns über die Unterhaltskosten im Klaren. Machte aber nichts, denn wenn wir eins können, dann Lösungen finden.

Also wurde fleißig weiter gesucht und recherchiert. Als erstes fiel uns ein ehemaliger Bücherbus aus den späten siebzigern ins Auge. Von der Beschreibung und den Bildern her ein machbares Projekt. Nur der Standort war wieder weit entfernt. Fast in Hamburg stand das gute Stück. Wir ließen uns von der Entfernung nicht abschrecken und wählten die Nummer, die in der Anzeige stand.

>>Moin Moin, was geht?<<, ertönte es am anderen Ende
>>Wir sind Henry und Maja und haben Interesse an deinem Bus<<, so die Antwort.
>>Da seid ihr ja an der richtigen Adresse<<, war es in feinstem Hamburger Slang zu hören.
>>Ein paar Eckdaten wären schön<<, erklärten wir weiter.
>>Ach kommt ma rum, wir werden uns schon einig...!<<

2 Bröselrichs Bücherbus

Nach kurzem Austausch der Kontaktdaten und Versorgung der Schutzbefohlenen, machten wir uns drei Tage später, an einem trüben Oktobermorgen, auf den Weg in die nördliche Lüneburger Heide. Satte vierhundert Kilometer waren zurückzulegen. Gegen zehn Uhr kamen wir mit unserem grau metallicfarbenen Mercedes 280TE, Baujahr 1986 an einem riesigen Gartengrundstück, unmittelbar an der Elbe, mitten im Nirgendwo gelegen an. Der erste Gedanke war frei nach einem Filmzitat: Überall, wo ich hinkuck, seh ich Gegend! Aber nicht nur der weiße Mercedes W124, der sich wohl über den Altersgenossen zu freuen schien, sondern viel mehr der mitten auf der Wiese stehende Mercedes Benz Bücherbus O 307 stach direkt ins Auge.

Gerade zu majestätisch schien er nur auf uns zu warten. Da konnte nichtmals die eigentümliche Kutschenmalerei der Seitenwände den ersten Eindruck trüben.

>>Moin, moin ihr zwei, solides Gefährt, ihr müsst Maja und Henry sein!?<<, hörten wir aus irgendeiner Ecke des

parkähnlichem Grundstücks.

>>Jo, morgen...<<, so meine knappe Antwort

>>...Henning, oder...?<<

Vor uns stand ein Unikat von Typ, der wohl gerade aus dem neusten Wernercomic entsprungen sein musste. Ein Hybrid zwischen Herrn Röhrich und Brösel selbst.

>>Das is wohl richtig. Gut hergefunden?<<, wurden wir gefragt.

Nach ein bisschen Smalltalk über schlechte Strassen, schlechtes Wetter und gute Mercedesmodelle, widmeten wir uns schließlich dem eigentlichen Grund unseres Besuches: Die Begutachtung des Busses.
Doch je näher wir kamen, umso ernüchternder wurde der erste, beziehungsweise zweite Eindruck. Die Lobeshymnen und Relativierungsversuche von Bröselrich hingegen, machten den Besuch immer amüsanter. Der innere Grundriss war da schon fast versöhnlich. Man konnte den Ausbau schon förmlich greifen. Dann leider der Blick zur Decke. Jede einzelne Dachluke, immerhin

zehn Stück, erinnerten eher an eine Aquariumaus-stellung, als an luft- und lichtspendende Sonderein-bauten. Doch auch dieser offensichtliche Manko wurde sympathisch abgetan:

>>Ach du, die saugse ab, dann bisschen Fensterkitt und fettich...!<<

Ein Blick in die Versorgungsklappen im Boden des Busses führte dann das eigentliche Elend zu Tage. Rost!

>>Und der ist über den TÜV?<<, meine ungläubige Frage
>>Jo, gerade ers...<<, seine schnelle Antwort
>>Probefahrt?<<, direkt hinterher.
>>Hier auf der Wiese?<<
>>Ja, wo sons!?<<

Bröselrich und ich betraten durch die vordere Tür den Führerbereich des Busses. Während Maja sich noch das halb fertige Bad anschaute, nahm er mich auf die Seite:

>>Ist der was für deine Frau?<<

>>Die misst schon, wie und wo, was hinkommen könnte...<<

>>Ich komm euch auch preislich entgegen, weil ich weiß, daß der bei euch in guten Händen is, verstehse...?<<

>>Joah, kucken wir mal...!<<

Bröselrich setzte sich auf den Fahrersitz und startete den Dieselmotor. Das war dann schon imposant. Aber wenn eins bei alten Bussen kein Problem ist, dann meist der Motor.

>>So, dann fahr ma!<< Bröselrich stand von seinem Sitz auf und wies mich an Platz zu nehmen.

>>Ich hab noch gar keinen Führerschein.<<

>>Brauchse hier nich, is Privatgelände!<<

Na dann. Nach kurzer Einweisung ließ ich die Kupplung im Ersten Gang langsam kommen und siehe da, der Bus rollte los. Nach circa zwanzig Metern hörte ich von der Seite:

>>So langsam zweiter Gang, würd ich sagen...<<

Gesagt getan. Relativ butterweich verhalf die Kupplung dem Getriebe in den zweiten Gang. Und bevor man sich versah, erreichte die Tachonadel die 20 Km/h Markierung. Und obwohl das Grundstück nun wirklich mindestens so groß wie zwei Fußballfelder war, kame wir dem Ende recht schnell nahe. Doch wenn es jemand, aus welchem Grund auch immer, nie aus der Ruhe zu bringen schien, dann offensichtlich Bröselrich!
>>So nu ma einschlagen...!<<

Wie schon vorhin, war ich um jeden fahrerischen Tipp dankbar und so schlug ich das Lenkrad nach rechts ein. In diesem Moment wurden zwei Dinge gleichzeitig sofort klar. Erstens, ein Bücherbus ist meistens auf einem Linienbus-Fahrgestell gebaut und diese fahren bekanntlich durch Orte, die meist auch über kleine Straßen verfügen. Folglich ist der Wendekreis beachtlich klein, was im Normalfall eigentlich von Vorteil sein sollte. In diesem Fall aber leider nicht, denn, und hier kommen wir zur zweiten Erkenntnis: Das Grundstück verfügte zwar über die Größe von zwei Fußballfeldern, hatte aber nicht deren Eigenschaften. Auf jeden Fall war mir bis dahin kein Fussballfeld bekannt, auf dem ein Pumpen-sumpf mit angeschlossener, gußeisernen Handpumpe zu finden war.

Ein blechernes Kratzen mit Quietschen war zu hören, gepaart mit einem entsetzten Blick meinerseits zu Bröselrich. Doch schon fast erwartungsgemäß entspannt schaute dieser zurück und meinte nur:

>>Oha, das war wohl die Pumpe! Setz ma zurück...<< Zähneknirschend und gegenlenkend wurde das hoffentlich nicht allzu ramponierte Gefährt von seinem Kontakt zur altertümlichen Pumpe befreit.

>>Dann schauen wir ma, ob die Pumpe noch heil ist<<, grinste Bröselrich mich an und ging voraus durch die Hintertür zum Unfallort.

Getrieben von schlechtem Gewissen folgte ich ihm. Von hinten kam auch Maja aus den hinteren Niederungen, welche wohl mal das Schlafzimmer werden sollte, hervor. Das Übel hörte sich dann tatsächlich schlimmer an als es war. Ein leichter Kratzer am Radkasten und ein paar

Lackabplatzer an der Pumpe konnten Bröselrich, wie erneut zu erwarten nicht aus der Ruhe bringen.

>>Och, da Pinseln wir drübber. Was is nu, wollt ihr den haben?<<

>>Joah, da ist ja schon ne Menge noch zu tun und den Führerschein brauchen wir ja auch noch<<, entgegnete ich schon fast resignierend.

>>Führerschein ist kein Problem den besorg ich euch. Fürn Tausi kriegt ihr den. Ich kenn jemand beim Straßenverkehrsamt!<<, erklärte Bröselrich nicht ganz ohne Stolz.

Verwundert kuckten wir uns an. Vermutlich kennt der auch jemanden beim TÜV schoß es uns durch den Kopf. Aber da Bröselrich nun wirklich ein feiner Kerl zu sein schien und es nun wirklich nicht in Gänze auszuschließen war aus diesem Bus einen Wohnbus zu bauen, erbaten wir uns eine Nacht Bedenkzeit. Nach den üblichen Verkaufsfloskeln: Ich hab noch andere Interessenten, bla bla, machten wir uns auf den Rückweg ins Rheinland.

Aus der einen, wurden dann drei Tage Bedenkzeit. Aber auch die konnte unsere Zweifel an der finanziellen und arbeitsintensiven Machbarkeit des Projekts Bröselrichs Bücherbus nicht abtun. Und Obwohl uns der sympathische Norddeutsche nochmals preislich, großzügig entgegen kam, sagten wir ihm ab. Die Enttäuschung auf der anderen Seite der Leitung war fast greifbar. Mit dem Versprechen, falls wir irgendwann mal einen Bus kaufen und umbauen sollten, Bröselrich in seiner Heimat zu besuchen, verabschiedeten wir uns und legten auf.

Also musste die Suche wohl weitergehen, denn wir sind immer bemüht, Versprechen einzuhalten.

3 Königlicher Zahlendreher

Nach weiteren erfolglosen Telefonaten mit potenziellen Buskandidaten, fanden wir einen ausgedienten Linienbus, der in Mannheim angeboten wurde. Das Besondere an diesem Bus war, die derzeitige Nutzung. Der Innenraum wurde von einem Schreiner professionell zu einem mobilen Kindergarten umgebaut. Auch die

Laufleistung von nur einhunderttausend Kilometern klang vielversprechend. Ein kurzer Schriftwechsel mit der Besitzerin und schon hatten wir den nächsten Besichtigungstermin. Diesmal am Wochenende.

Los ging es am frühen Samstag vormittag. Diesmal hatten wir unseren Willi dabei. Vielleicht konnte er uns bei möglichen Preisverhandlungen mit seinem Charme zur Seite Stehen, so die leise Hoffnung.

Gegen mittag erreichten wir ein Gewerbegebiet außerhalb Mannheims. Vor einer großen Halle standen mehrer größere Fahrzeuge, die wohl zur extravaganten Personenbeförderung benutzt wurden. Unter anderem zwei Stretchlimousinen, ein amerikanischer Schulbus in Topzustand und das Highlight im Aussenbereich, ein Londoner Doppeldecker, der wohl für mobile Partys benutzt wurde. Man konnte nur erahnen, welche Schätze sich im Inneren der Halle befinden mussten. Ein Firmenschild über dem Eingangstor, mit der Aufschrift: EVENTOMOBILE wies uns den Weg. Kaum hatten wir das Gelände betreten, wurden wir auch schon von einer Dame im besten Alter, mit knall rot gefärbten Haaren herzlich Willkommen geheißen. Ihr, für diese Tageszeit etwas zu doll geschminktes Gesicht, strahlte uns sympathisch entgegen.

>>Hallo, sind Sie Frau König<<, fragte Maja nicht minder herzlich und streckte der Dame die Hand entgegen. Diese nahm die Gelegenheit zum ausgiebigen Händeschütteln dankend entgeg: >>Herzlich Willkommen in Mannheim. Ja, ich bin Frau König. Und wer ist der kleine Schatz dort neben Ihnen?<<

<<Ich heiße Henry, aber so klein bin ich doch garnicht>>, sagte ich wohlwissend, daß Frau König eigentlich den Willi auf meinem Arm meinte.

Ein kurzer irritierter Blick, doch dann hatte Frau König den Scherz durchschaut und konnte sich ein Grinsen nicht verkneifen, während sie auch mir die Hand zum Gruß entgegenstreckte.

>>Sie sind ja ein ganz Spaßiger...<<, sagte sie und meinte es wohl auch so.

>>Das hier ist mein Mechaniker und Fahrer Helmut.<< Sie deutete mit ihrem Kopf zu einem kauzig wirkenden Mitfünfziger im Blaumann und mit Zigarette im Mundwinkel, der gerade dabei war einen Linienbus

aufzuschließen.

>>Tach auch.<<, war zu vernehmen.

Nach kurzer Begrüßung erkannten wir, daß besagter Linienbus wohl der Grund unseres Besuchs sein musste.

>>Dann schauen wir uns das gute Stück mal an<<, sagte Frau König weiter strahlend.

Im Gegensatz zu Bröselrichs Bücherbus konnte man schon auf den ersten Blick erkennen, daß dieser hier wohl regelmäßig gepflegt und gewartet wurde. Auch bei näherem Hinsehen wurde unser erster Eindruck nicht enttäuscht. Dafür litt der optische Eindruck ein wenig. Das Gefährt wirkte ein wenig bieder. Der Innenraum hingegen war wirklich liebevoll und hochwertig zu einem Spieleparadies umgestaltet worden. Da aber ein mobiler Kindergarten zum Wohnen erstmal ungeeignet ist, ratterte es schon in meinem, aber besonders Majas kreativen Kopf, was man wie und wo verbessern konnte.

>>Können wir den mal laufenlassen?<<, fragte ich Helmut.

>>Klar, drück mal den Startknopf.<<

Das lies ich mir nicht zweimal sagen. Mit Bröselrichs Uhrwerk von Motor im Hinterkopf drückte ich auf besagten Knopf. Doch so hoch die Vorfreude war, so groß war dann die Enttäuschung. Viel zu lange orgelte der Anlasser, bis der MAN-Motor mit viel Mühe, halbherzig ansprang. Das ganze Fahrzeug wurde durchgeschüttelt, was vermuten lies, daß die Maschine nicht auf allen Zylindern lief. Auch nach kurzer und dann mittellanger Warmlaufphase wurde es nicht besser.

>>Was fährt der denn Spitze?<< brüllte ich mehr, als ich sprach.
>>So um die neunzig...<<, antwortete mir Helmut.
>>Das ist ja nicht so viel<<, nuschelte ich und überlegte, wie man damit weite Strecken fahren sollte.
Ein Linienbus, oder vielmehr die Getriebeübersetzung von diesem ist halt für die Linie in Städten gebaut und fährt selten hohe Geschwindigkeiten. Für längere Strecken werden dann Überlandbusse, oder Reisebusse gebaut, bei denen die Übersetzung des Getriebes für höhere Geschwindigkeiten ausgelegt wurde. Auch der Niederflureinstieg ist für den Linienverkehr natürlich

erstmal super, raubt aber gerade für Reisen den wichtigen Stauraum unter dem Innenraum. Trotzdem konnte man sich, auch Dank der schon auf 230 Volt umgebauten Stromversorgung einen Umbau weiterhin vorstellen.

>>TÜV wird neu gemacht und sollte kein Problem sein<<, sagte Frau König
>>Können wir mal den Motor sehen?<<, entgegnete ich ihr.
>>Der hört sich ja irgendwie unrund an...<<
>>Gerne, der war halt lang nicht mehr an...<<, erklärte Helmut.

Und so gingen wir nach draußen zum Heck um uns den Motor anzusehen. Nachdem Helmut die Klappe geöffnet hatte, konnten man dem Aggregat bei der mühsamen Arbeit zusehen. Dabei wurde direkt klar, daß dieser niemals nur einhunderttausend Kilometer gefahren sein konnte. Alles schrie förmlich nach Verschleiß.

>>Und der hat wirklich erst einhunderttausend Kilometer

runter?<<, fragte ich ungläubig.

>>Achso...ja...ähm ne...also das ist so...<<, druckste Frau König herum und verlor dabei ein wenig ihr Strahlen im Gesicht.

>>...da haben wir wohl eine Null in der Anzeige vergessen. Tschuldigung. War keine Absicht...<<

>>Puh, das ist jetzt aber doch ein kleiner Unterschied. Ob Hunderttausend, oder eine Millionen Kilometer. Wieso wollen sie den denn eigentlich abgeben?<<

>>Wir wollten den zum Eventbus umbauen. Doch dann haben wir kurzerhand den Schulbus angeboten bekommen. Und beide brauchen wir halt nicht<<, sagte Helmut überzeugend.

>>Der, und der Londonbus sind dann also eure Flaggschiffe?<<, fragte Maja und deutete auf die beiden aussergewöhnlichen Fahrzeuge neben dem schon fast langweilig wirkenden Kindergartenbus.

>>Ne, ne...<<, erwiderte Frau König und das Strahlen in ihrem Gesicht war zurückgekehrt.

>>Folgt mir mal unauffällig!<<, forderte sie uns auf und ging Richtung Halle.

Als Helmut das Rolltor öffnete und die Beleuchtung anschaltete, bekamen wir erstmal unsere Münder nicht mehr zu. Als erstes stach der liebevoll eingerichtet Innenausbau der Halle ins Auge. Durch die dicken, roten Samtvorhänge, das pompöse Mobiliar und die goldenen Ornamente erinnerte der Raum an ein Theaterfoyer der 20er Jahre. Überall waren geschickt platzierte antike Trödelstücke zu bewundern. Wie ein Wimmelbuch mit demTtitel: Babylon Berlin. Doch das Prunkstück war der, am Ende eines roten Teppichs befindliche Setra Bus S8. Als wäre er gerade frisch in Ulm vom Band gelaufen thronte er majestätisch in der Mitte des Raumes. Die geschickt installierte, indirekte Beleuchtung setzte ihn noch besser in Szene. Bei der Restaurierung wurde auf jedes Detail geachtet.

>>Wahnsinn...!<<, mehr brachte ich nicht heraus.
<<Wartet mal ab, bis ihr den von innen gesehen habt...<<, verkündete Helmut schief grinsend und öffnete die Tür am Ende des roten Teppichs.

Der Innenraum war fantastisch. Die Sitze, alle aus

türkisem Samt, waren wie neu. Jede zweite Sitzreihe hatte ein Tischchen mit einem Schirmlämpchen darauf. Durch die Vielzahl der Panorama-Scheiben, die sich bis ins Dach zogen, wirkte das Interieur wie ein gerade geschliffener Diamant. Die Stellen wo keine Scheiben waren, wurden liebevoll mit grauen- und petrolfarbenem Samtstoff gepolstert. In einer Ecke wurde nachträglich stilvoll eine kleine Theke verbaut. Aber selbst bei dieser wurde akribisch auf jedes Detail geachtet. Aber nicht nur die Optik, sondern auch die Haptik und die Akkustik vermitteltet einem den Eindruck, gerade wegs zurück in den 50er Jahren zu sein. Eine Symbiose der Sinne.

>>Den will ich!<<, verriet mir Maja.
>>Den kann man mit Geld garnicht bezahlen<<, meinte Frau König. >>Alleine die Arbeitsstunden stehen in keinem Verhältnis... Aber mieten könnt ihr den gerne. Hier drin wurden schon die schönsten Feste gefeiert.<<

Ohne es zu merken, was sie mit der berechtigten Schwärmerei ihres Traumbusses angerichtet hatte, sanken Frau Königs Chancen ihren Linienbus loszuwerden gen null. Denn Maja und ich brauchten nur einen Blick um zu merken, daß wir uns einig waren, wo unsere Busreise hingehen sollte. Wir wollten auch eine Symbiose der Sinne.

Wir erbaten uns auch hier eine Nacht Bedenkzeit, da wir, wie bei Bröselrich Bücherbus, den Kauf nicht gänzlich ausschließen konnten.

So verabschiedeten wir uns von den beiden sympatischen Busbesitzern und machten uns auf den Weg Richtung Autobahn. Da es schon auf den späten nachmittag zu ging und unsere Mägen schon länger keine feste Nahrung gesehen hatten, entschieden wir, die Autobahn zu verlassen und uns ein Landgasthof zu suchen. Im Idealfall mit Übernachtungsmöglichkeit, da wir erst tags darauf gegen mittag zurück sein mussten.

In Bad Kreuznach wurden wir fündig. Ein schnuckeliges Hotel, geführt von zwei freundlich angagierten, jungen Herren, die wohl ein Paar zu sein schienen, gewährte uns Obhut. Nachdem wir das Zimmer bezogen hatten, machten wir uns auf den Weg in die Gaststube. Ein vorzügliches Menue mit fantastischer Weinbegleitung ließ den Abend zu schnell vergehen. Nach einem

Tresterschnaps vom Haus, fielen wir glücklich ins Bett...

Am nächsten Morgen weckte uns Willi, wie immer viel zu früh auf. An diesem Tag aber noch früher, weil in der Nacht die Uhr auf Winterzeit zurück gestellt wurde. Nach einem ausgiebigen und wieder sehr liebevoll angerichtetem Frühstück, checkten wir aus und machten uns auf den Weg zu unserem Mercedes.

4 Jupps juter Jeist

>>Es ist noch so früh, kuck doch mal, ob irgendwo auf dem Weg noch ein Bus ist, den wir uns ankucken könnten<<, sagte ich zu Maja während ich den Motor startete.

Maja nahm ihr Telefon zur Hand und begann zu suchen.

>>Fahren wir über die Einundsechzig?<<, fragte sie während ich auf genau diese einbog.

>>Jo, gerade drauf...<<

>>Da ist ein Setra in Bliesheim, weisst du, der, der schon angefangen wurde auszubauen...<<

>>Der mit dem Solar?<<, hakte ich nach und erinnerte

mich schwach an die Anzeige.

>>Genau, ich ruf da mal an!<<

Tatsächlich hatte sie jemanden am anderen Ende der Leitung:

>>Hallo Maja hier, ich rufe an wegen der Anzeige.<<

>>...<<

>>Ja, genau.<<

>>...<<

>>Wir sind gerade auf dem Weg Richtung Norden und kommen in ungefähr einer Stunden bei Euch vorbei. Wäre es möglich den Bus anzuschauen.<<

>>...<<

>>Super, aber wirklich nur, wenn euch das nichts ausmacht?! Ist ja schon sehr spontan.<<

>>...<<

>>Dann bis gleich, wir freuen uns!<<

>>Die war supernett!<<, strahlte mich Maja an, nachdem sie aufgelegt hatte.

>>Ich bin gespannt!<<, erwiderte ich und freute mich, daß wir spontan noch einen Bus anschauen konnten.

Fast genau 90 Minuten später erreichten wir ein Gewerbegebiet, das direkt an der Autobahn lag. Die am Telefon beschriebene Halle sollte am Ende einer Sackgasse liegen. Beim Abbiegen sahen wir IHN schon. Er stand direkt vor uns, als hätte er auf uns gewartet. Mit seiner frühen 80er Jahre Lackierung in den Farben elfenbein/orange/grün wirkte der Setra S215H so, als würde er vor meiner Grundschule stehen, um uns zum Schwimmunterricht abzuholen. Schlagartig war ich wieder neun Jahre alt.

Als wir den Mercedes abstellten öffnete sich die Tür, die sich mttig in einem der Rolltore der Halle befand. Heraus trat ein zwei Meter Hüne mit dunklem, zerzaustem Haar und freundlichem Grinsen im seinem leicht verwitterndem Gesicht. Dadurch wirkte er älter, als er vermutlich war. Ich schätzte ihn spontan auf fünfundvierzig bis fünfzig Jahre.

>>Hallo zusammen. Da warder aber schnell<<, stellte der Riese im besten Eifler Dialekt fest.
>>Ja, ist ja nix los auf der Bahn, heute<<, antwortet ich.
>>Isch bin dä Josef, aber ihr könnt jern Jupp sagen.<<

>>Ich bin Maja, und das ist Henry<<, stellte uns Maja vor und streckte Josef die Hand entgegen.

>>Und wer is dä liebe Jong do auf deinem Arm?<<

>>Das ist Willi...<<

>>Tach Willi. Du bis aber ne leckere... Willse mal den Bus kucken?<<

>>Will er bestimmt und seine Eltern auch<<, stimmte ich Jupp zu.

Wir gingen um den Bus herum zur vorderen Drucklufttüre, die Jupp mit den Händen öffnete und uns hereinbat.

>>Wenn der keine Luft mehr hätt, musse die Tür von Hand öffne<<, erklärte er.

>>Isch hab ma die Standheizung anjeschmissen. Die tudet janz jut.<<

Jetzt merkten wir wie sich vom Fußraum her eine wohlige Wärme breit machte. Im hinteren Teil war die Dieslstandheizung zu hören, wie sie ihre Arbeit verrichtete.

>>Ja so sieht dä von innen us. Is jetzt nich gerade super schön, aber praktisch.<<

Da hatte Jupp recht. Die meisten, der leicht abgesessenen, orangene Sitze waren ausgebaut worden. Bis auf eine Vierer-Sitzgruppe mit Tisch in der Mitte, im vorderen Bereich und einer Zweier-Sitzgruppe in Fahrtrichtung davor, war der restliche Raum als provisorisches Bettenlager genutzt. Vorne neben der Sitzgruppe war noch eine kleine Küchenzeile mit Spüle und Zweier-Kochfeld verbaut. In der Tat alles eher praktisch. Aber schön war anders, auch wenn die Materialien hochwertig waren.

>>Hinten hässe noch ne Toilette<<, meinte Josef und zeigte auf den, vor der hinteren Tür befindlichen kleinen Raum mit Tür.

>>Da haben wir jeduscht, wenn wir auf der Baustelle waren.<<
>>Baustelle?<<, hakte ich nach.
>>Jo, wir bauen Stahltreppen in janz Deutschland. Und wenn wir auf Montage waren, haben wir uns dat Hotell

jespart und hier im Bus jewohnt. Super, direkt anner Baustelle.<<

>>Gute Idee. Und jetzt seid ihr nicht mehr unterwegs?<<

>>Nä, isch hab die Firma verkauft. Uns hat ne Angelpark in der Eifel jefunden. Wir wollen endlich mal zur Ruhe kommen. Und da brauchen wir den Bus auch nicht mehr....<<, erklärte er und fügte hinzu:

>>Mit blutendem Hätz, dat is ja schon nen Schmuckstück. Da kannse wat draus machen. Und Solar hätt der och aufem Dach.<<

Er verließ den Bus und holte aus seiner Halle eine Leiter.

>>Geh ma hoch, kannse dir ankucken.<<

Das ließ ich mir nicht zweimal sagen. Und tatsächlich, das komplette hintere Drittel war mit Solarpanelen verbaut. Schätzungsweise drei bis fünf Kilowattstunden Leistung musste die Anlage bringen. Und auch die Wechselrichter und Batterien, die Jupp uns anschließend zeigte waren nicht von schlechten Eltern.

>>So, jäz fahren wa nen Ründchen. Willi, schnall dich an!<<, befahl er schmunzelnd unserem Sohn und deutet auf die Zweier-Sitzgruppe, an der weit und breit kein Gurt zu finden war. Also nahm Maja Willi auf den Schoß und los ging die wilde Fahrt. Diesmal sprang der Motor direkt an und vermittelte mit jedem Zylinderhub, das alles in Ordnung zu sein schien. Nach kurzer Wartezeit, bis der Luftdruck die Feststellbremse freigegeben hatte, fuhr Jupp langsam vom Hof Richtung Autobahn. Zwischendurch grüßte er hier und da vermeindliche Bekannte. Dafür nutzte er die Hupe.

>>Et jibbt die normale Hupe und die böse Hupe<<, verkündet er, während er auf einen kleinen Trittschalter neben dem Kupplungspedal trat und eine wirklich beachtliche Luftdruckhupe ertönte.
>>Und dabei kannse noch watt über die Lautsprecher verkünden<<, fügte er hinzu und nahm das Mikrofon in die Hand, welches für Durchsagen von Reiseleitern oder zum Ansagen von Haltestellen installiert worden war.
>>HERHÖREN, HERHÖREN!! WIR BEFINDEN UNS AUF DEM WECH NACH LORETTE DE MAR! LASSTET

EUCH JUT JEN UND JENISST DIE REISE!<<, schallte es aus den Lautsprechern.

>>Und dat jute is, du häss üverall ne Ascher!<<, erklärte Jupp, diesmal ohne elektronische Unterstützung.

>>So jäz fährs du ens.<<

>>Ich hab aber gar kein Führerschein<<, erwiderte ich und hatte irgendwie ein Dejavu.

>>Dat mäkt nix. Isch zeich disch, wie dat jet.<<

Er stoppte den Bus am Rand der Landstraße und deutete mir mit einer einladenden Handbewegung an, Platz auf dem Fahrersitz zu nehmen.

Noch ein wenig perplex folgte ich den Anweisungen. Wiedermal legte ich den ersten Gang ein und liess die Kupplung langsam kommen. Butterweich gewannen wir an Fahrt. Jetzt noch den Blinker setzen und rauf auf die rechte Fahrspur.

>>Hier kannse auf die Bahn und dann zurück Richtung Halle<<, wies mir Jupp den Weg.

>>Auf die Autobahn??<<, fragte ich entsetzt.

>>Ja klar, dat is doch am einfachsten.<<

Wie im Film setzte ich den Blinker und fuhr nach rechts auf die Auffahrt der Autobahn.

>>Zieh die Jänge ruhig bis zum jelben Bereich.<<

Mein Blick wanderte auf den Drehzahlmesser in der Mitte des Armaturenbrettes. Blinker Links und schon war ich auf der linken Spur.

>>Der kann hundertdreißig. Aber mach mal bei hundert Schluß...<<, empfahl er mir.

Bei Einhundert Stundenkilometern ließ ich vom Gaspedal ein wenig ab und genoß das wirklich ruhige Dahingleiten des Busses. Zwei Ausfahrten später erklärte mir Jupp noch die Retarderbremse und wir verließen genauso elegant die Autobahn, um schlußendlich wieder in die Sackgasse einzubiegen.
Nachdem ich die Feststellbremse angezogen hatte, stellte ich den Motor mithilfe der Motorbremse ab und schaute grinsend in die Gesichter von Jupp, Maja und Willi.

>>Ich glaub ich hab mich verliebt<<, sagte ich mit übertrieben, schmachtendem Blick tief in Majas Augen und ergänzte schnell:

>>Und der Bus hat es mir auch angetan...<<

Maja verstand meinen geistreichen Scherz sofort, stand vom Beifahrersitz auf und gab mir einen Kuss.

>>Och muß Liebe schön sin!<< Kommentierte Jupp die Szene.

>>Isch komm euch noch ein bisschen mit dem Preis entjejen. Dann hat der Willi watt mehr Taschenjeld und du watt über für dene Führerschein.<<

Auch hier erbaten wir uns wieder eine Nacht Bedenkzeit, diesmal aber mit dem Gefühl den Bus tatsächlich kaufen zu wollen.

Mit einem seeligen Lächeln auf den Lippen machten wir uns auf den Weg Richtung Heimat.

Zuhause angekommen rief ich erst einmal Frau König in Mannheim an, um ihr mitzuteilen, daß wir uns gegen den Kindergartenbus entschieden hatten. Ich wünschte ihr viel Erfolg beim Verkauf und versprach, sollten wir jemals etwas grosses Feiern, ihren S8 nutzen zu wollen.

Bei Jupp rief ich auch an, daß wir uns noch weitere Bedenkzeit erbaten, da noch nicht geklärt war, welchen Führerschein ich brauche und wie teuer dieser werden sollte. Nun hatten wir also drei weitere Tage um die Führescheinfrage zu klären. Sollte reichen, dachten wir...

5 Zu schön um war zu sein

>>...der hat die alte Klasse drei...ja...okay...dann kommen wir mal rein!<< Hörte ich Maja sagen, als ich in die Küche kam.

>>Du musst anscheinend nur ein paar Fahrstunden und Theoriestunden machen, dann noch Erste Hilfe – aber den hast du ja. Achso und einen Gesundheitscheck. Also alles machbar. Dann hättest du den Busführerschein. Du kannst mit den Papieren dahin kommen, dann kriegst du einen Kostenvoranschlag<<, erklärte mir Maja, die wohl gerade mit der Fahrschule gesprochen hatte.

>>Dann fahr ich da gleich mal hin.<<

Vor der Fahrschule stand, obwohl diese in einer engen Straße gelegen war, ein Sattelzug und ein Reisebus mit eingeschalteter Warnblinkanlage mitten auf der Fahrbahn. Mehrere Personen, augenscheinlich wohl Fahrschüler mit ihrem Fahrlehrer, standen um den Sattelzug herum und ließen sich von einem Mitfünfziger, mit ausladendem Bauch die Fahrzeuge erklären.

>>Hallo zusammen<<, meinte ich. >>Ich wollte zur Fahrschule Blissing. Bin ich hier richtig?<<
>>Ja, ich bin Walter Blissing. Gehn se mal rein, da ist Frau Kramer, die hilft Ihnen weiter<<, sagte Herr Blissing und deutete mit einem Nicken Richtung Fahrschuleingang.

Hinter dem Tresen im Inneren des Gebäudes saß eine freundlich wirkende Frau, die wohl schon immer zum Inventar des Unternehmens gehörte.

>>Was kann ich für sie tun?<<, fragte sie.
>>Meine Frau hat anfgerufen, wegen des Busführerscheins.<<

>>Achja, ich erinnere mich. Haben sie alles dabei?<<

Ich reichte ihr meinen aktuellen Führerschein und die Erste-Hilfe-Bescheinigung. Sie machte sich Kopien und begann an ihrem Computer meine Daten einzutippen.

>>Das wäre dann unser Angebot<<, sagte sie nach ein paar Minuten und reichte mir den Kostenvoranschlag über die Theke.
>>Dann fehlt uns nur noch ihre ärztliche Bescheinigung zur Personenbeförderung. Da können sie zu Dr. Sander in Duisburg fahren. Mit dem arbeiten wir zusammen. Hier hab ich auch irgendwo ein Kärtchen.<<
Sie reichte mir eine zerknitterte Visitenkarte, auf der die Kontaktdaten eines Arbeitsmediziners zu lesen waren.

Das Angebot war wirklich viel günstiger, als erwartet. Es war zu schön um wahr zu sein. Nachdem Frau Kramer mir noch die Einzelheiten zu den Theorie- und Praxisunterrichtsstunden und den Ablauf der Prüfungen erklärt hatte, verließ ich freudestrahlend die Fahrschule und ging zurück zum Auto, wo Maja und Willi schon auf mich warteten.

Noch bevor wir losfuhren rief ich bei Dr. Sander an, um einen Termin zu vereinbaren.

Das gestaltete sich schwieriger, als erwartet. Am Telefon war nur der Sohn, der sich wohl die Praxisräume mit seinem Vater zu teilen schien. Der wiederum war Anwalt. Ein wenig dubios. Ich sollte mich am nächsten Tag nochmal melden.

Jetzt hieß es erstmal bei Jupp anzurufen um ihm die Zusage zum Kauf zu geben. Wir vereinbarten ein Treffen zwecks Anzahlung für die kommende Woche. Nachdem ich aufgelegt hatte, schellte mein Telefon.

>>Ich höre!<<, meldete ich mich in Kieler Tatortmanier.

>>Sander hier. Sie wollten vorhin einen Termin bei meinem Vater machen. Nächsten Dienstag, neun Uhr. Personalausweis, Führerschein und ärztliche Atteste mitbringen.<< Ertönte es am anderen Ende der Leitung. Und bevor ich antworten konnte, wurde die Leitung schon unterbrochen.

Verduzt schaute ich Maja an:

>>Nächsten Dienstag neun Uhr hab ich die

Untersuchung in Duisburg.<<

>>Kannst du denn da?<<

>>Die Frage hätte ich mir von Herrn Sander gewünscht. Aber muß ich wohl, ich hab ja keine Wahl<<, antwortet ich grinsend.

>>Dann fahren wir am besten am Sonntag den Bus anzahlen<<, plante Maja.

>>So machen wirs. Es soll ja schneien, dann ist das ein schöner Sonntagsausflug.<<

Beim anschließenden Abendessen mit den Kindern berichteten wir von unseren Plänen und zeigten stolz die ersten Bilder von unserem neuen Fast-Familienmitglied. Die Begeisterung war groß. Jetzt hatten wir tasächlich, so gut wie, einen Bus gekauft.

6 Gekauft

Am folgenden Sonntag waren wir nun also unterwegs Richtung Eifel. Mit an Board die übliche Bus-besichtigungsbesatzung: Maja, Willi und ich. Zusätzlich hatten diesmal, vor Neugier platzend, Elli und Oskar darauf bestanden den Bus in natura zu begutachten. Es hatte tatsächlich in der Nacht geschneit, was die an uns vorbeifliegende Landschaft fast schon kitschig nach Winterwunderland aussehen ließ. Die Straßen waren schon geräumt, so daß wir zeitig gegen mittag bei Jupp aufschlugen. Er hatte auch seine Familie dabei. Seine Frau und sein Sohn bauten gerade einen Schneemann als wir den Mercedes parkten.

>>Jippieh, da machen wir mit<<, sagte Elli als sie hinter Oskar ausstieg.
>>Dat sin aber nisch alle, oder?<<, fragte Jupp der uns freudig begrüsste.
>>Ne, ne, da fehlen noch zwei. Die zocken heute aber lieber. Bei uns ist der Schnee nämlich Regen<<, antwortete ich.
>>Ja, dann brauchta den Bus ja wirklich, bei der Großfamilie....! Wollter nen Kaffee? Birgit hat uns watt jebacken. Mohnstreusel. Herrlisch!<<
>>Da sagen wir nicht nein.<<

Wir gingen Richtung Halle, in der ein gemütlicher

Aufenthaltsraum mit Küche angeschlossen war. Diese war durch einen Werkstattholzofen wohl temperiert. Sogar ein Kerzchen brannte am gedeckten Tisch.

>>Setzt üsch! Der Kaffee lübbt. Ich sach schnell den Kindern und min Birgit Bescheid.<<
Aber anstatt, daß Jupp den Raum verließ, brüllte er nur:

>>KAFFEE IS FEDISCH!<<

Zwei Minuten später betrat seine Frau den Raum und erklärte:
>>Die Kinder bauen noch den Schneemann zu Ende und kommen dann. Ich bin die Birgit.<< Sie wischte sich die nassen Hände an ihrer Hose ab und streckte uns die rechte entgegen.
>>Schön, daß ihr da seid. Ihr wollt also unseren Bus kaufen?!<<
>>Ja, daß mit dem Führerschein ist geklärt. Und jetzt können wir das Abenteuer beginnen<<, berichtete Maja.
>>Also machse jäz de Busführerschein?<<, fragte mich

Jupp.

>>Ja, der ist garnicht so teuer und dauert auch nicht so lange.<<

>>Dat is ja Klasse. Da kann dä ja als Kraftomnibus anjemeldet bleiben. Da hässe ja weiter dat H. Dann is dä wirklich jünstisch.<< Jupp sprach die Historisch-Zulassung, dafür steht das H am Ende eines Kennzeichens, an. Hier bezahlt man tatsächlich nur knapp zweihundert Euro im Jahr an Steuern. Egal ob VW Käfer, oder Panzer. Hauptsache das Fahrzeug ist über dreißig Jahre alt und in relativem Originalzustand. Wobei genau bei dem Thema sich die Geister unter den Prüfern scheiden.

>>Haben wir uns auch gedacht. Dann können wir auch mehr als neun Leute inklusive Fahrer mitnehem. Was habt ihr denn an Versicherung bezahlt?<<, hakte ich nach.

>>Dä war ja mit roter Nummer anjemeldet, über die Firma. Dat weiß isch net. Kann aber die Welt nisch sinn! Greift zu!<<

Das ließen wir uns nicht zweimal sagen. Der Kuchen war wirklich ein Gedicht. Selbst die Kinder, die auch gerade hereingekommen waren, nahmen sich zwei Stücke. Doch noch beim Essen hallten Jupps Worte bezüglich der Versicherung in meinem Hinterkopf nach. Hoffentlich hatte er recht.

Nach dem Kaffekränzchen begutachteten wir alle nochmal den Bus. Die Kinder waren begeistert. Jupp machte weiter seine Späße und beantwortete mit seiner unvergleichlichen Art, geduldig jede Frage. Als alles geklärt zu sein schien übergaben wir ihm die Anzahlung und unterschrieben den Kaufvertrag.

>>Ihr könnt den jern noch bis Anfang des Jahres hier stehen lassen. Isch räum sowieso die Halle auf und mach die klar für die neuen Besitzer. Hier stört dä nisch. Und jäz drinken wir ene.<<

Dankend nahmen wir sein Angebot an. Denn wir wussten immer noch nicht genau, wo wir den Bus umbauen wollten. Aber auch die Flaschen Bier die er aus dem Kühlschrank holte nahmen wir an und stießen auf den erfolgreichen Kauf an.

>>Und jetzt machen wir noch ne Schneeballschlacht. Müssen wir doch mal ausnutzen, den Schnee<<, schlug ich vor.

Die Freude war nicht nur bei den Kindern groß. Als es anfing zu dämmern, packten wir unsere sieben Sachen und gingen erschöpft zum Auto.
>>Ihr könnt jederzeit vorbei kommen und euren Bus besuchen. Gerne auch darin schlafen...!<<, schlug Birgit vor, während wir uns verabschiedeten. >>Da kommen wir bestimmt drauf zurück<<, entgegnete Maja freudig.

Die Kinder sprangen mit roten Bäckchen ins Auto. Noch vor der Autobahn schliefen alle drei ein und sollten bis zu unserer Haustüre nicht mehr aufwachen. Zeit für Maja und mich, die ersten Ausbaupläne zu schmieden. Wir waren regelrecht euphorisch.

7 Sanderbarer Gesundheitscheck

>>JAAA?!<<, ertönte es aus der Gegensprechanlage.
>>Klunker! Ich hab einen Termin um neun, bei Doktor

Sander<<, erklärte ich.

Aber anstatt einer Antwort ertönte nur der Türsummer. Ein Schild im Treppenhaus – PRAXIS/KANZLEI 1. STOCK – wies mir den Weg. Oben angekommen erwartet mich eine offene Türe. Nur eine offene Türe. Vorsichtig klopfend trat ich ein.

>>DURCHKOMMEN!<<

Ich schloss die Wohnungstüre hinter mir und folgte der Stimme, die aus einem Zimmer am Ende des Flurs gekommen sein musste. Dabei kam ich an weiteren offenen Zimmern vorbei, hinter denen verschieden kuriose Dinge, die so nicht richtig zusammen passen wollten, zu bestaunen waren. Einmal ein Raum mit verschiedesten Stühlen – vermutlich ein Wartezimmer. Dann ein Raum voller Bücher und einem riesigen Schreibtisch. Als nächstes eine Küche, in der auf dem Herd irgendetwas dahinköchelte, was zugegebenermassen nicht schlecht roch. Daneben wieder ein Raum mit Skelett, altertümlicher

Personenwaage und spanischer Wand. Das ganze wirkte eher, wie eine schlechte Theaterkulisse, als ein tatsächlicher Behandlungsraum. Am Ziel, die Türe am Ende des Flurs, erwartete mich ein großer, widererwartet freundlich wirkender Mann, der nicht viel älter zusein schien als ich. Er stand hinter einem notdürftig zusammengezimmerten Empfangstresen und begrüßte mich:

>>Morgen. Sie kommen von Blissing nicht wahr. Haben Sie die Unterlagen dabei?<<

>>Ja, wie aufgetragen, alles dabei!<< Ich reichte ihm meine zusammengestellte Mappe.

>>Mein Vater kommt in zehn Minuten und wird Sie untersuchen. Sind Sie gut vorbereitet? Ein bißchen geübt?<<

>>Ist das denn nötig? So schwer?<<, fragte ich und stellte fest, daß ich mir darüber gar keine Gedanken gemacht hatte.

>>Das werden Sie schon sehen. Nehmen Sie bitte im Wartezimmer Platz.<<

Wird schon schiefgehen, dachte ich und setzte mich auf

einen ziemlich mitgenommenen Frankfurter Stuhl im vermeindlichen Wartezimmer.

Fast eine halbe Stunde später erst hörte ich, wie die Eingangstüre geöffnet wurde.

>>FRANK! Ich bin da!<<, ertönte es nicht weniger energisch, als zuvor bei meiner Begrüßung.
>>Morgen Vatter. Da sitzt schon einer im Wartezimmer. Ich mach Kaffee!<<, so die Antwort.

Ein sympathisch reinblickender Mann, der ein wenig wie Gandalf aus „Der Herr der Ringe" aussah, nur mit nicht ganz so langen Haaren, begrüsste mich:

>>Guten Morgen. Sander mein Name. Ich zieh mich schnell um, dann legen wir los. Gut vorbereitet?<<
Langsam wurde mir schlecht.

>>Gehen Sie schonmal in meinen Behandlungsraum.<<

Freimachen musste ich mich ja wohl nicht! Obwohl, hier war alles möglich, dachte ich.

>>So, dann fangen wir mal mit dem Sehtest an.<< Doktor Sander trat in sein Refugium ein und zeigte auf eine Tafel, auf der die Buchstaben von Reihe zu Reihe kleiner wurden. Die Älteren unter den Lesern erinnern sich vielleicht.

Erst dachte ich, der Doktor würde scherzen. Doch als er mir danach noch ein Buch mit goldenem Einband unter die Nase hielt, welches die klassischen Skizzen zur Ermittlung der Rot- Grünschwäche beinhaltete, wurde mir klar, der meint das ernst.

Danach stellte er mir noch die üblichen Fragen nach meinem Allgemeinzustand, bis er mich schließlich aufforderte ihn, in einen weiteren Raum zu folgen. Dieser war beim Betreten der Praxis/Kanzlei der einzige gewesen, dessen Türe nicht offen gestanden hatte. Beim Öffnen wußte ich auch warum. Erst dachte ich, ich wäre in einer Rumpelkammer gelandet. Doch bei näherem Betrachten erkannte ich, daß dies wohl der Testraum sein musste. In der hinteren Ecke befand sich ein antiker Schreibtisch, auf dem für den Rest der Praxis/Kanzlei ein verhältnismäßig moderner Computer stand. Doch anstelle einer handelsüblichen Tastatur war hier ein

Keyboard mit verschiedenen großen, bunten Knöpfen zu sehen.

>>Dann setzen Sie sich mal.<< Der Doktor wies mit einer Hand auf den schmalen Weg zwischen diversen Kartons und Möbelstücken zu besagtem Schreibtisch.

>>Sie können pro Testrunde eine Minute üben. Früher war das anders, da konnten Sie solange üben, wie Sie wollten. Auch, wenn Sie nicht bestanden hatten, konnten Sie früher wiederholen. Das geht heute leider nicht mehr, da wir jetzt permanent vernetzt sein müssen, sonst ist der Test nicht gültig. Wird immer verrückter alles!<<
>>Da sagen Sie was...<<, antwortete ich.

Er erklärte mir die erste Runde, die zu Beginn wirklich nicht schwierig war, aber erahnen ließ, was noch auf mich zukommen sollte. Ich bekam Kopfhörer auf und hatte für den Fall, daß ein Ton erklang je einen Knopf für das rechte oder das linke Ohr auf dem Bedienfeld. Zu meinen Füßen hatte ich drei Pedale, die ich je nach optischem Befehl treten sollte. Dann waren da noch fünf verschiedenfarbige Taster, die dann betätigt werden mussten, wenn die, durch einen Kurzfilm beschriebene Verkehrssituation es verlangte. Alles also ganz einfach.

Insgesamt gab es fünf Runden. Von Runde zu Runde wurden die Befehle häufiger und kamen in kürzeren Abständen. Ob ich die einzelnen Runden bestanden hatte, konnte ich nicht erkennen und sollte mir erst am Ende des Tests mitgeteilt werden. Ich hatte aber ein gutes Gefühl. Nach der letzten Runde war ich nass geschwitzt. Doktor Sander brauchte für die Auswertung eine gefühlte Ewigkeit, bis er schließlich meinte:

>>Nicht schlecht. Sie haben Bestanden. Überdurchschnittlich gut sogar, herzlichen Glückwunsch! Den schafft nicht jeder direkt.<<

>>Vielen Dank, der war aber auch nicht ohne.<<

>>Und wirklich nicht geübt?<<

>>Tatsächlich nicht. Aber ich bin Schlagzeuger, vielleicht hat das ein bisschen geholfen<<, meinte ich eher scherzhaft.

>>Vielleicht....! Dann mach ich Ihnen mal die Bescheinigung fertig. Folgen Sie mir.<<

Wir gingen gemeinsam in den Raum mit dem Empfangstresen, wo Doktor Sander meine Papiere fertig machte. Mittlerweile war das Wartezimmer ziemlich gefüllt, was ihn jedoch nicht davon abhielt sich mit mir ausgiebig über Gott und die Welt zu unterhalten. Nach unglaublichen drei Stunden verließ ich mit ein wenig Stolz die Praxis/Kanzlei. Im Gepäck meine ersehnte Bescheinigung zur gesundheitlichen Tauglichkeit zum Führen von Kraftomnibussen.

8 Der harte Boden der Realität

Zuhause angekommen wedelte ich stolz mit der hart erarbeiteten Bescheinigung:

>>Da ist das Ding!<<
>>Sehr schön. War schwer?<<, erkundigte sich Maja interessiert.
>>Ganz einfach...<<, log ich und berichtete ihr über meine vergangenen drei Stunden.

>>Hier war auch was los...!<<, erzählte sie mir im Gegenzug, nachdem sie geduldig zugehört hatte.

>>Josef hat angerufen und gesagt, daß der die Halle früher übergeben muß und der Bus dann auch da weg muß.<<

>>Und, jetzt?<<

Vor lauter Führerscheinvorbereitung hatten wir die Suche nach einem Stellplatz vernachlässigt.

>>Ich telefoniere mal rum, ob irgendwo was frei ist<<, sagte ich und zückte mein Telefon.

Da wir in unserem Bekanntenkreis diverse Handwerker mit Hallen und Plätzen hatten, hoffte ich auf eine kurzfristige Lösung, bis der entgültige Stellplatz für den Umbau geklärt war.

Doch leider hatte niemand den entsprechenden Platz.

>>Dann müssen wir den wohl hier auf die Strasse stellen<<, meinte Maja, nachdem ich ihr von meinen Telefonaten berichtet hatte.

>>Dafür muß der aber angemeldet sein<<, entgegnete ich und fügte hinzu:

>>...und dafür brauchen wir dann auch ne Versicherung! <<

Die Freude über die bestandenen Gesundheitstest verflachte zunehmend.

>>Ich meld mich jetzt erstmal bei der Fahrschule an, den Rest lösen wir später<<, ermutigte ich sie, gab ihr einen Kuß und machte mich auf den Weg zur Fahrschule.

Dort angekommen bot sich mir fast das gleiche Bild, wie bei meinem letzten Besuch. Wieder standen die zwei Großfahrzeuge mit Warnblinklicht auf der Straße. Nur diesmal stand niemand daneben. Als ich das Gebäude betrat, wußte ich auch warum. In einem der Schulungsräume hielt Herr Blissing gerade den Theorieunterricht ab.

Frau Kramer saß wie beim letzten mal hinter der Anmeldung und begrüßte mich freudestrahlend:

>>Hallo Herr Klunker. Hat geklappt?<<

>>Ja, war aber nicht einfach. Und der Dr. Sander ist ja wohl ein Unikat.<<

>>Das ist der wohl. Aber auf den ist Verlass. Wir wissen garnicht, was wir machen sollen, wenn der mal in Rente geht.<<

Ich reichte ihr die fehlenden Unterlagen.

>>Dann mach ich mal den Ausbildungsvertrag fertig<<, sagte sie und begann in ihren Computer zu tippen.

Der Theorieunterricht war gerade vorbei, weswegen sich der Vorraum mit Fahrschülern füllte. Ich begrüßte Herrn Blissing und wollte gerade einen Scherz über die, doch schon ziemlich lang andauernde Vetragsvorbereitung machen, da sah ich eine kalkweiße Frau Kramer auf mich zukommen.

>>Geht es Ihnen nicht gut?<<, erkundigte ich mich.

>>Ich...ich glaube ich hab einen Fehler gemacht...<<, sagte sie mit brüchiger Stimme.

>>Wird wohl nicht so schlimm sein.<<

Doch ich ahnte das Schlimmste.

>>Ich habe mich bei Ihrem Kostenvoranschlag in Ihrem Führerschein verkuckt.<<

>>Und das bedeutet jetzt was?<<

>>...daß Sie das fünffache an Fahrstunden machen müssen und der Führerschein dementsprechend auch das fünffache kosten wird. Ich dachte sie hätten schon den großen LKW-Schein. Das tut mir so leid...!<<

Immer noch weiß, wie die Wand setzte Sie sich auf einen Stuhl.

>>Puh, das ist schlecht...!<<, sagte ich nun auch ein bißchen geschockt:

>>Ich hab ja gerade einen Bus, aufgrund Ihres Kostenvoranschlags gekauft. Und die Untersuchung war ja auch nicht gerade billig...<<

>>Die bezahlen wir Ihnen<<, ertönte es von hinten. Als ich mich umdrehte, sah ich Herrn Blissing im Türrahmen stehen, der wohl unser Gespräch mitbekommen hatte.

>>Und den Bus? Den zahlen Sie mir auch?<<

>>Ne. Aber ich kann Ihnen ein wenig mit den Führerscheinkosten entgegen kommen<<, schlug er vor.

>>Ne, die Summe ist utopisch. Da kann ich mir ja einen Fahrer einstellen. Außerdem fehlt mir die Zeit. Da wäre ich ja erst in einem Jahr fertig...<<

Jetzt sagte niemand mehr irgendwas.

>>Ich geh mal telefonieren<<, durchbrach ich nach einer gefühlten Ewigkeit die Stille und verließ die Fahrschule. Ich mußte unbedingt mit Maja sprechen.

>>Und unterschrieben?<<, war das erste, was sie sagte.
>>Schön wärs. Da ist gewaltig was schief gelaufen<<, antwortete ich und erzählte ihr von Frau Kramers Mißgeschick.

>>Ist die bekloppt?<<, war ihre spontane Reaktion, um dann direkt wieder auf Lösungsmodus zu stellen.
Dafür liebe ich sie. Unteranderem...

>>Und wenn du den LKW-Schein machst. Dann schlüsseln wir den Bus zum Wohnmobil um.<<
>>Aber dann verlieren wir mit ziemlicher Sicherheit die H-Zulassung.<<
Ich hatte im Internet recherchiert. Daß man bei einer Umschlüsselung, in was auch immer, die H-Zulassung behält, war wie ein Sechser im Lotto. Resigniert meinte ich:

>>Ich geh noch mal rein und lass mir einen Kostenvoranschlag für den LKW-Schein machen.<<
>>Mach das. Wird schon schiefgehen.<<

Das Angebot war sogar günstiger, als das ursprüngliche Angebot zum Busschein. Ich fand die Idee des Umschlüsselns immer bessser. Damit waren auch erheblich weniger Kosten für TÜV und Sicherheitsprüfung verbunden. Jetzt muste nur geklärt werden, wie hoch die Versicherung und Steuer sein sollte. Ich versprach, mich am nächten Tag zu melden.
Frau Kramer bedankte sich überschwänglich. Ihr war die Erleichterung buchstäblich ins, nicht mehr ganz so

bleiche Gesicht geschrieben:

>>Wir gucken auch, daß Sie Ihren Führerschein so schnell, wie möglich bekommen.<<
>>Das will ich auch meinen<<, sagte ich scherzhaft, obwohl ich es so meinte.

Mit gemischten Gefühlen fuhr ich zurück nach Hause.
Den restlichen Tag verbrachten wir damit, die optimalste Anmeldemöglichkeit für den Bus zu finden. Aber egal wie wir herrumrechneten, günstig wurde es nur mit der H-Zulassung. Die war aber mit, an Sicherheit grenzender Wahrscheinlichkeit, futsch.
Auf einem Blatt notierten wir die verschiedenen Möglichkeiten:

Möglichkeit eins war, den Bus als Kraftomnibus zu belassen. Dann war die Steuer günstig, die Versicherung hingegen utopisch teuer, da jeder eingetragene Sitz versichert werden musste. Hier hätte man die Sitze auf das Minimum für Kraftomnibusse, also zehn inklusive Fahrer reduzieren können, um die Versicherung günstiger zu machen. Hinzu kommt noch das Problem mit dem Führerschein. Den Kraftomnibus hätte ich, mit dem erstrebten LKW-Führerschein nur mit Ausnahme und maximal einem Beifahrer zur Überführung, oder zu Werkstattfahrten führen dürfen.

Möglichkeit zwei war, den Bus als Wohnmobil umzuschlüsseln. Hier war die Versicherung günstig, jedoch die Steuer, aufgrund des Alters und des immens großen Hubraumes des Motors und die dahereingehende Schadstoffklasse teuer. Es sei denn es geschah ein Wunder und wir würden, trotz Umschlüsselung zum Wohnmobil, die H-Zulassung behalten können. Eine theoretische Möglichkeit bestand zwar, jedoch konnte man die Fälle, bei denen die H-Zulassung quasi mit umgeschlüsselt wurde an einer Hand abzählen. Und die Fälle lagen auch schon einige Zeit zurück.

Möglichkeit drei bestand darin, bei Bröselrich anzurufen und sein Angebot, den Führerschein für nen Tausi zu besorgen anzunehmen. Gesagt getan. Bröselrich brauchte genau drei Tage, da war der Führerschein gedruckt. Bei der Übergabe erzählte er uns:

>>Moin, moin ihr zwei. Da hab ich die Lappen. Ich hab direkt zwei gemacht, dann könnt ihr beide fahren. Müsst ihr nur ein bißchen üben. Sonst komm ich in Teufelsküche.

Komischerweise saßen wir alle drei wieder in Bröselrichs Bücherbus. Diesmal fuhr Maja. Meiner Meinung nach viel zu schnell, als plötzlich mitten auf einer norddeutschen Autobahn eine altertümliche Wasserpumpe auf der Fahrbahn stand. Zum Ausweichen fehlte die Zeit. Und so krachten wir frontal gegen das Gußeisen. Als wir ausstiegen empfing uns auch schon Frau Kramer mit drei Streifenpolizisten. Einer, der aussah wie Helmut aus Mannheim legte mir Handschellen an und führte mich ab.

Schweiß gebadet wurde ich wach. An meiner Wange klebte das Blatt, auf dem wir die Pros und Kontras der Umschlüsselung notiert hatten. Ich musste wohl eingenickt sein...

Maja kam mit zwei Tassen Kaffee herein und meinte:

>>Du bist ja schon wieder wach. Kaffee?<<

>>Unbedingt. Ich hab einen Blödsinn geträumt. Das glaubst du nicht...<< Ich erzählte ihr von meinem Traum, während wir den Kaffee tranken.

>>Möglichkeit drei kommt also nicht in Frage!<<, sagte sie und konnte sich das Lachen kaum verkneifen. Jetzt mußte ich auch lachen.

Also sollte es dabei bleiben: An der Umschlüsselung zum Wohnmobil führte kein Weg vorbei.

9 Still und starr ruht der Bus

Fassen wir also zusammen: Wir hatten einen Bus gekauft, oder zumindest angezahlt, für den wir weder einen Führerschein besaßen, noch einen Stellplatz hatten, geschweige denn wußten, wie und wo wir diesen anmelden konnten. Und umbauen mußten wir den ja auch noch.

Aber ließen wir uns entmutigen, nein, denn: Weiter gehts! Als ich Josef anrief, um einen Termin für die Übergabe der Restsumme zu vereinbaren, erklärte er mir, daß wir zu seinem neuen Angelpark kommen sollten. Wir verabredeten uns für den nächsten Freitag.

Der Angelpark war oberhalb von Monschau, mitten im nirgendwo gelegen. Ein kleiner Wirtschaftsweg führte direkt zu einem schmiedeeisernen Tor, dessen Mitte zwei sich kreuzende Fische zierte. Maja drückte den Klingelknopf, der an der rechten Seite neben einer Gegensprechanlage angebracht war.

Nach ein paar Sekunden öffnete sich das Tor. Dahinter war als erstes ein großer Teich zu entdecken. Ringsrum waren mit einigem Abstand Bänke platziert, die wohl den Anglern Platz bieten sollten. Soweit wir erkennen konnten waren sie jedoch leer. Im hinteren Bereich des Geländes waren mindestens drei weitere Teiche zu erkennen, die jedoch nur maximal ein viertel so groß waren. Am Ende der Auffahrt war eine Blockhütte zu sehen. In großen Lettern stand dort KIOSK an der Giebelwand. Die Fensterläden waren allesamt geschlossen. Als wir weitergingen konnten wir einen Abzweig ausmachen, der zu noch einer viel größeren Blockhütte führte. Das mußte wohl Jupps neues Zuhause sein. Doch auch dort war keine Menschenseele zu entdecken. Trotzdem zauberte uns der Anblick ein Lächeln ins Gesicht. Denn direkt neben der Hütte war ein großer Unterstand zu bestaunen, in dem neben einem Traktor, einem Minibagger und diversen Landschaftsbaugeräten ein alter Bekannter auf uns wartete. Unser Bus. Wir staunten nicht schlecht.

>>Wir han dä einfach mitjenommen<<, hörten wir Jupps Stimme, ohne das wir erkennen konnten, wo sie her kam. >>Hi Jupp. Das ist ja spitze<<, sagte ich etwas lauter, damit Jupp es auch hören konnte, da wo er war. Zu erkennen gab er sich immer noch nicht.

>>Kuck, Kuck...<<, hörten wir nur. Doch immer noch keine Spur.
>>Hier oben!<<

Verdutzt schauten wir beide hoch. Jupp klammerte am Ende eines Strommastes und winkte zu uns herunter.

>>Dat Internet is futsch. Isch glaub die Leitung is

durchjerostet. Isch komm ens runger.<<

Er rutschte den Mast schneller runter, als ein Feuerwehrmann, der gerade einen Einsatz bekommen hatte.

Er zog sich die Handschuhe aus und gab uns beiden freudestrahlend die Hand.

>>Wo sind die Blagen?<<, fragte er.

>>Willi schläft im Auto und der Rest ist in der Schule<<, antwortete Maja.

>>So, so. Kuckt üsch nur ens um. Is noch viel zu don. Vorm Frühjahr machen wir nisch auf. Jäz kommn wir ers ma zur Ruhe.<<

>>Das Gelände ist ein Traum!<<, stellte Maja fest und ich nickte zustimmend.

>>Komm wir jon zum Bus. Isch han noch en paar Ordner jefunden. Betriebsanleitung und so jet.<<

Wir holten Willi, der gerade wach geworden war aus dem Mercedes und gingen gemeinsam hinauf Richtung

Unterstand. Dort bestiegen wir unseren Bus. Im Inneren beflügelte uns das Gefühl mit dem Kauf alles richtig gemacht zu haben. Trotz des sporadischen Ausbaus fühlten wir uns direkt heimisch. Jupp hatte aufgeräumt und gesaugt.

>>Dä kann ens ruhich noch nen Weilchen hier ston blieve. Uns stört dä net.<<
>>Das ist super. Dann holen wir den Anfang nächsten Jahres.<<
>>Mitte Ende Januar reicht völlig<<, bestätigte Jupp.

Uns war die Erleichterung ins Gesicht geschrieben. Jetzt konnten wir entspannt einen Stellplatz suchen und vor allem, wir hatten ja schon fast den ersten Advent, in Ruhe Weihnachten feiern.

>>Ihr könnt auch jern ens vorbeikommen und hier schlafen. Besser als Urlaub. Isch sachet üsch...<<
>>Schöne Idee. Wir kucken mal, ob wir die Zeit finden. Jetzt kriegst du erstmal dein Geld<<, beschloss ich.

Nachdem die Restzahlung den Besitzer gewechselt hatte, holte Jupp eine Thermoskanne aus seiner Ledertasche und schenkte drei Becher Glühwein ein.

>>Jäz stoßen wir ens an.<<
>>PROST!<<, sagten Maja und ich gleichzeitig und stießen gemeinsam an.

Nicht nur der Glühwein sorgte für ein wohliges Gefühl im Bauch. Der Bus war die absolut richtige Entscheidung. Das verriet mir auch ein Blick in Majas leuchtende Augen.
Nachdem wir den Bus ausgemessen hatten, machten wir noch diverse Fotos, damit wir zuhause weiter an den Ausbauplänen pfeilen konnten. Jupp gab uns noch die Ordner und allerhand Papiere mit. Wir sagten Tschüss mit dem Versprechen, uns nach dem Jahreswechsel zu melden und verliessen den Angelpark.

10 Der Alte zieht gen Osten

Da durch das Zahlen der Restsumme doch ein

ziemliches Loch in die Haushaltskasse gerissen wurde, entschlossen wir uns unser altes, leider viel zu klein gewordenes Wohnmobil zu verkaufen.

Also machten wir uns bei nächster Gelegenheit daran, unseren ‚Alten' ins rechte Licht zu setzen und die schönsten Fotos in die bekanntesten Onlinebörsen für KFZ Inserate zu stellen. Ein netter Text mit den wichtigsten Eckdaten war auch schnell verfasst und so warteten wir gespannt auf die ersten Interessenten. Da wir den Preis unserer Meinung nach sehr realistisch festgesetzt hatten, dauerte es nichtmals einen halben Tag, bis sich mein Handy das erste mal meldete. Aber wie es oft bei Anzeigen ist, die man aufgibt, melden sich die verschiedensten Interessenten. Aus unserer langen Anzeigen An-und Verkaufs-Erfahrung unterscheiden wir hier zwischen drei Interessententypen:

Typ Eins ist der Profipreisdrückertyp (PPDT). Dieser würde das zu kaufende Objekt maximal für die Hälfte des festgelgten Preises kaufen. Er lebt meist von seiner Tätigkeit und würde bei erfolgreichem Preisdrücken, das Objekt für das doppelte des angegebenen Preises wieder verkaufen. Man erkennt diesen Typ schnell an kurzen Anfragen, wie: Was is letzte Preis? Etc.

Bei diesen Interessenten hat man das Gefühl, man würde seine Seele direkt mit veräußern. Hier sollte man wirklich nur im Notfall verkaufen.

Typ Zwei ist der Langeweilebesserwissertyp (LWBWT). Dieser will in den seltensten Fällen das Objekt wirklich haben. Meist hat er ein solches schon, oder hätte es gern, kann es sich aber nicht leisten. Auf jeden Fall verfügt er über jedes kleinste Hintergrundwissen. Das führt soweit, daß der Anbieter mit Fragen genervt wird, die nur aus dem Grund gestellt werden, dem Verkäufer zu übermitteln, wie gebildet der LWBWT über das Objekt ist. Hinzu kommt, daß man ihn nur schwer los wird. Dieser Typ ist oft einsam und hat vielzuviel Zeit. Hier will man nicht verkaufen.

Typ Drei ist der Normalokäufertyp (NKT). Zu dieser Kategorie zählt der Rest. Dieser Typ braucht einfach das Objekt. Meist für seine persönlichen Zwecke. Er verhandelt fair und hat auch eine gute Zahlungsmoral.

Der Kontakt ist meist sachlich, unkompliziert und idealerweise freundlich.

Hier muß man verkaufen, weil das Objekt meist in gute Hände gelangt.

Nachdem wir uns also mit den ersten PPDTs rumgeschlagen hatten, meldete sich als nächstes ein LWBWT.

>>Hallo! Der ist doch niemals von 1982!<<, war das erste, was ich am Telefon hörte, nachdem ich abgenommen hatte.

>>Doch, so steht es im Schein<<, lautete meine genervte Antwort.

>>Und was hat der denn für einen Zusatzanbau?<<

>>Der war schon da, als wir den Gekauft haben.<<

>>Ich hab ja auch so einen...<<

>>So, so. Der Trend geht ja zum Zweitwohnmobil.<<

>>Ja, ne. Ich wollt ja nur...<<, stammelte der Anrufer.

>>Also kein wirkliches Interesse?<<

>>Tut...Tut...Tut<<, hörte ich, da die Leitung unterbrochen wurde.

Nach weiteren solchen, oder so ähnlichen Telefonaten wurde das Interesse mit dem Absinken der Anzeige immer geringer. Dies hatte aber den Vorteil, daß die PPDTs und die LWBWT weniger wurden. Nach drei Tagen, ich wollte gerade zum Wohnmobil fahren, um noch ein paar Details zu fotografieren, klingelte erneut mein Telefon:

>>Hallo! Krupp hier. Ist das Wohnmobil noch zu haben?<<
>>Ist es.<<
>>Stimmen die Angaben soweit?<<
>>Ja. Das ist ein ehrliches Fahrzeug. Das hat seine Macken. Aber nix, was man nicht reparieren könnte.<<
>>Wann kann man sich den mal ankucken.<<
>>Jederzeit. Der kann auch probegefahren werden. Ist noch angemeldet.<<
>>Wir könnten übermorgen vorbeikommen.<<
>>Gerne. Wieviel Uhr?<<
>>Mittags?<<
>>Passt.<<
>>Achso, können wir den gegebenenfalls direkt

mitnehmen?<<

Jetzt wurde ich stutzig. Direkt mitnehmen... Der war ja noch nicht ansatzweise ausgeräumt. Das ging jetzt doch schnell.

>>Von wo kommt ihr denn?<<, wollte ich wissen.
>>Wir wohnen an der polnischen Grenze. Bei Dresden.<<
>>Uh... Das ist ein Stück. Ich müsste den noch ausräumen. Sollte aber klappen.<<
>>Alles klar. Dann melden wir uns von unterwegs. Wir bräuchten noch die Adresse.<<

Ich übermittelte Herrn Krupp die Adresse per SMS und rief danach direkt bei Maja an, um ihr Bericht zu erstatten.
Danach machte ich mich trotzdem auf den Weg zum Wohnmobil. Nicht, um noch Fotos zu schießen,
sondern um zu kucken, ob er ansprang. Das tat er wie gewohnt. Also fuhr ich ein bißchen wehmütig unser geliebtes Wohnmobil zurück nach Hause, wo ich gleich mit dem

Ausräumen anfing.

Knappe vier Stunden später, nach viel Schweiß und Tränen und einer Mischung aus Zeitreise und Entrümpelung war es geschafft. Das Wohnmobil wog jetzt vermutlich nur noch die Hälfte und unser Keller war voll. Die Sachsen konnten also kommen.

Und das taten sie auch. Und wie.

Aus unserem Küchenfenster konnte ich sie zwei Tage später schon beim Aussteigen aus ihrem Mercedes Van beobachten. Der Fahrer, ca. Mitte fünfzig stieg als erster aus. Er hatte mittellange schon leicht ergraute Haare und einen Zehntagebart. Gekleidet war er mit einem alten Bundeswehrpullover. Dies war wohl Herr Krupp. Auf der Beifahrerseite stieg eine etwas jüngere, blond gefärbte Frau aus, die mit den zwei hinteren Insassen flachste während diese aus der hinteren Schiebetür stiegen. Die zwei Mittzwanziger waren sportlich gekleidet und mindestens zwei Köpfe größer als der Fahrer. Lachend kamen sie in Richtung unserer Haustüre. Am Wohnmobil machten sie halt, um schon einmal einen ersten Eindruck zu erhalten. Ich wartete nicht bis sie klingelten und öffnete die Türe um die vier zu begrüßen.

>>Hallo zusammen. Henry. Da seid ihr ja gut durchgekommen.<<

>>Jo. Ging ganz gut. Ich bin Ronny. Das ist Jutta und die zwei hier sind meine Söhne Pätrick und Dävid!<<, sagte Herr Krupp, der mir, mit seinem leicht sächsischen Akzent direkt sympatisch war. Definitiv ein NKT, dachte ich.

>>Wollt ihr erst einen Kaffee, oder sollen wir direkt ne Rund drehen?<<, ließ ich ihm die Wahl.

>>Erst die Arbeit, dann das Vergnügen<<, meinte einer der zwei Atlehten. Vermutlich Pätrick.

>>Dann hol ich mal die Schlüssel. Ihr könnt gerne schonmal einsteigen. Ist offen.<<

Nachdem ich die Schlüssel geholt hatte und zu der sympatischen Familie in mein fast Ex-Wohnmobil gestiegen war, erklärte ich den Wohn-, Schlaf- und Essbereich. Nachdem die ersten Fragen geklärt waren, bot ich Herrn Krupp, den ich ab jetzt Ronny nennen durfte an, eine Runde zu drehen. Wir fuhren direkt Richtung Autobahnzubringer, wo die Familie das Gefährt auf Herz und Nieren prüfte. Sichtlich zufrieden, kamen wir eine halbe Stunde später wieder vor unserem Haus an.

>>So, jetzt gehen wir rein und trinken erstmal einen Kaffee<<, schlug ich vor.

Da saßen wir also um die große Familientafel und tranken Kaffee und aßen Plätzchen.

>>Ich sach ma so. . . <<begann Ronny mit halbvollem Mund zu reden,
>>. . . der gefällt mir schon ziemlich gut, aber da sind ja schon noch so ein paar Dinge zu tun...!<<
>>Ich glaub, der ist bei euch in guten Händen. Uns ist auch lieber, daß der weiter gehegt und gepflegt wird, als daß wir mit dem Verkauf reich werden und irgendjemand den ausschlachtet. Sagt mal ne Hausnummer.<<

Ronnys Angebot war mehr als fair und so besiegelten wir den Kauf mit einem soliden Handschlag.

>>Ich druck mal nen Vetrag aus. Ihr könnt dann noch mit

unseren Kennzeichen überführen und den dann in Ruhe bei euch ummelden<<, schlug ich vor.

Im Internet war schnell ein entsprechender Kaufvertrag mit Überführungsklausel gefunden und ausgedruckt. Nachdem Ronny uns das Geld in Bar überreicht hatte und wir die nötigen Unterschriften unter den Vetrag gesetzt hatten, verabschiedete sich die nette Sachsenfamilie und verließ unser Haus mit den Worten:

>>Nicht wundern, wir bleiben noch einen Moment. Im Kofferraum haben wir günstigen Tschechen-Diesel mitgebracht. Den füllen wir noch ein und dann sind wir weg.<<
>>Macht, wie ihr wollt. Und wenn noch was ist, bitte melden. Wir haben bestimmt noch den ein oder anderen Rat für euch.<<

Aus dem Küchenfenster konnten wir noch beobachten, wie Ronny mit seinen Söhnen den mitgebrachten Diesel aus diversen, verschieden großen Kanistern in den Tank füllten.

Als sie dann endlich los fuhren schauten wir mit ein bißchen Wehmut und einem Tränchen im Auge unserem ‚Alten' hinterher, wie er aus unserer Straße bog, um ein letztes mal seinen Weg zur Autobahn anzutreten. War schön, dachten wir.

11 Theorie

Jetzt war es Realität: Wenn wir auch weiterhin Familienurlaube planen und durchführen wollten, brauchten wir einen reisefähigen Bus. Und um diesen fahren zu können, den Führerschein. Also schaute ich Tags darauf bei Frau Kramer vorbei, um den Ausbildungsvertrag zu unterschreiben. Immer noch sichtlich erleichtert, teilte sie mir die ersten Termine für den Theorieunterricht mit. Dieser bestannt aus zwei Teilen: Beim ersten Teil sollte ich mit Sechzehn - und Siebzehnjährigen in die unendlichen Weiten des Rechts-Vor-Links Mysteriums vordringen. Im anderen, einmal wöchentlich angebotenen Teil widerum, sollte ich mit angehenden Straßenverkehrsprofis den komplizierten Regeldschungle der europäischen Lenkzeitverordung erlernen.

Gott sei Dank brauchte ich von beiden Teilen nur eine handvoll Stunden, um die Zulassung zur Theorieprüfung zu erhalten. Die einzelnen Stunden waren tatsächlich interessant und unterhaltsam, vermittelten mir aber kaum meine Prüfungsreife. Das erforderliche Wissen eignete ich mir vielmehr mit der Fahrprüfungs-App an. Im Gegensatzt zu den ‚Bögen', die es noch zu meiner PKW-Fahrschulzeit vor fünfundzwanzig Jahren gab, war diese App zweifelsohne ein Meilenstein zur Lernoptimierung. Denn egal, wo man sich gerade aufhielt, man konnte schnell eine Vorprüfung absolvieren und hatte auch schon sein Ergebnis. Der Nachteil: Die Fahrschule hatte auch das Ergebnis. Und so entschied diese, wann ich bereit war für einen Prüfungstermin.

So verbrachten wir also die Vorweihnachtszeit mit Lernen, Weihnachtsvorbereitungen und dem normalen Wahnsinn, der eine Großfamilie so mit sich bringt. Dabei kam natürlich die Ausbauplanung und Stellplatzsuche erneut zu kurz. Und wenn wir dann doch mal die Zeit fanden, uns zwischen Adventskranz und dreckigem Abendessensgeschirr mit der Busskizze zusammenzusetzen, um die optimale Raumnutzung des Busses zu finden, waren wir spätesten nach einer halben Stunde so erschöpft, daß wir lieber ins Bett gingen.

Und ehe wir uns versahen, war das Jahr auch schon vorbei und wir hatten anfang Januar. In unserer Verzweifelung fing ich sogar an, die Strasse vor unserem Haus zu messen, ob im Notfall der Bus hier stehen könnte. Vom Platz her tatsächlich kein Problem. Doch wie würden die Nachbarn auf den Bus reagieren?

Und, die noch viel wichtigere Frage, wie melden wir den Bus an. Denn das müsste er für das Stehen auf einer öffentlichen Strasse sein. Angemeldet. Alles immer noch sehr halbgar. So verging dann auch der Januar.

Beinahe täglich rechneten wir mit einer Nachricht von Jupp, wann wir denn endlich den Bus abzuholen gedachten.

Selbst im Februar, die Tage wurden langsam wieder länger und auch das Wetter besserte sich stetig, lag unser Projekt weiter auf Eis. Das einzige, mit dem es vorran ging war meine Führerscheinausbildung. Ich hatte alle nötigen Theoriestunden absolviert und die Fahrschule war wohl mit dem Abschneiden meiner Vorprüfungen so zufrieden, daß mich Frau Kramer eines vormittags anrief, um mir meinen Prüfungstermin mitzuteilen.

Am Abend vor der Prüfung machte ich noch diverse Vorprüfungen und fühlte mich gewappnet für den nächsten Tag. Mein Termin war um halbzehn vormittags. Zehn Minuten vor der Zeit fand ich mich im Anmeldebereich der Prüfstelle ein, um meine Personalien abzugleichen. Der Raum war gefüllt mit den unterschiedlichsten Menschen. Auf der einen Seite Jugendliche, deren Abschneiden bei der bevorstehenden Prüfung nicht viel wichtiger war, als das nächste Mittagessenposting auf irgendeinem sozialen Netzwerk. Auf der anderen Seite gestandene Erwachsene für die die Prüfung, wegen einer bevorstehenden sicheren Arbeitsstelle überlebenswichtig zu sein schien. Ein leichter Geruch von Angstschweiß lag in der Luft.

Wir wurden in Gruppen zu je zehn Personen in den Prüfraum gebeten. An jedem Platz stand ein Monitor mit einer Tastatur davor. Der ganze Raum ähnelte einem Klassenzimmer. Am Lehrertisch saß ein mürrisch reinschauender, gedrungener Mann, für den sein Job wohl eine Strafe zu sein schien. Höflichkeiten wurden garnicht ausgetauscht. Das einzige was man verstehen konnte war:

>>Bereit? Sie haben dreißig Minuten. Los!<<

Ein normal aufgeregter Mensch sollte mit dieser Anweisung schon so seine Schwierigkeiten haben. Doch für jemanden, der der deutschen Sprache nur bedingt mächtig war und bei dem es hier um nicht weniger, als seine Existenz ging, warf die Situation verständlicherweise Fragen auf. So setzten sich demnach nicht alle Personen direkt an einen Monitor. Ein Mann mit Dreitagebart und graumeliertem Haar, der der südeuropäische Bruder von George Clooney hätte sein können, setzte sich nicht direkt. Bei ihm schien noch etwas unklar zu sein.

>>Was ist denn noch? Die Zeit läuft!<<
Mit nervösen, aber freundlichen Augen, schaute er sich hilfesuchend um und antwortete:
>>Schuldigung, aufgeregt...! Brille ist noch draußen in mein Mantel...<<

Der ‚Lehrer' machte keine Anstalten dem verzweifelten Menschen irgendwie zur Hand zu gehen.

Weitere Sekunden vergingen, ohne daß jemand etwas sagte.

Ich war gerade bei meiner dritten Aufgabe, als ich bemerkte, daß der ‚Lehrer' sichtlich Spaß an der Situation hatte. Und da ich solche Ungerechtigkeiten bis auf den Tod nicht austehen konnte sagte ich:

>>Gehen Sie die Brille ruhig holen. Der Prüfer hängt die Zeit am Schluß bestimmt dran.<<

>>Im Leben nicht. Selbst Schuld...<<, sagte dieser mit einem widerlichen Grinsen im Gesicht.

Keine Minute später kam der, jetzt nicht mehr Brillenlose schon zurück und begann endlich auch mit seiner Prüfung.

Weitere fünfzehn Minuten später, ich tüftelte gerade an einer verzwickten Frage in der es um die Wartung von Luftrduckbremssystemen ging, stand George Clooney auf und ging zum ‚Lehrer'.

>>Fragen werden während der Prüfung nicht beantwortet<<, hörte ich diesen lauter, als nötig zu George Clooney sagen. Diesen hingegen konnte ich nicht verstehen, da er rücksichtsvoll leise sprach:

>>....<<

>>Wie, schon fertig. Das war wohl nix. Wohl zu aufgeregt...<<, so der ‚Lehrer' sichtlich amüsiert und weiter viel zu laut.

>>.....<<

>>Dann werte ich mal aus...<<

Kurz danach war es der Lehrer, den man kaum noch verstand. Seine Miene war wie versteinert:

>>Bestanden. Null Fehler!<<, presste er heraus.

>>Vielen Dank. Auf Wiedersehen<<, antwortete George freundlich und verließ den Raum.

>>Herzlichen Glückwunsch rief ich ihm noch hinterher<<, und machte mich weiter an meine Prüfung. Kurz vor Ende der Zeit gab ich ab, mit der Gewissheit zwei Fragen

falsch beantwortet zu haben. Laut meiner Rechnung sollte es aber reichen.

Der Lehrer begann meine Prüfung mit unverändertem Gesichtsausdruck auszuwerten.

>>Sechs Fehlerpunkte. Aber trotzdem bestanden<<, man hatte den Eindruck, daß ihm jede bestandene Prüfung körperliche Schmerzen zufügte.

>>Juchuh, vielen Dank. Einen schönen Tag noch<<, sagte ich überfreundlich und verließ ebenfalls den Raum. Draußen sah ich wie George von einer Frau und einem Kind im Grundschulalter überschwänglich umarmt wurde. Im Vorbeigehen erkundigte sich George nach meinem Abschneiden. Wir gratulierten uns nochmals gegenseitig mit einem Handschlag.

12 Praxis

>>Schonmal was größeres als ein Auto gefahren?<<, fragte mich Herr Blissing, nachdem ich zu ihm in den MAN-LKW mit Kofferaufbau gestiegen war.

>>Ein bisschen Erfahrung hab ich mit Siebeneinhalb-tonnern.<<

>>Na dann erklär ich dir mal ein bisschen was. Ich darf doch du sagen?<<

>>Klar, ich bin der Henry.<<

>>Ich bin der Walter. Viel zu tun hast du in den modernen Zugmaschinen nicht mehr. Aber das ist auch gut so, so kannst du dich aufs wesentliche konzentrieren. Machs dir erstmal bequem.<<

Der Sitz hatte ungefähr eine Millionen Einstell-möglichkeiten. Ich spielte an den verschiedenen Knöpfen, bis ich die für mich optimale Sitzposition gefunden hatte. Auch das Lenkrad, welches nicht größer als das von einem Kleinwagen war, zog ich näher zu mir heran. Den Schalthebel suchte ich vergebens. Die einzige Möglichkeit einen Gang einzulegen, war ein Drehschalter in der Mittelkonsole, der stark an einen VW-Abblendlichtschalter erinnerte. Hier gab es drei Einstellmöglichkeiten: Fahren, Rückwärts und Parken. Recht simpel.

>>Dann tritt mal die Bremse und drück den Startknopf<<, sagte Walter nachdem ich mich angeschnallt hatte. Der Diesel sprang an und zum ersten mal bekam ich ein leichtes Trucker-Feeling.

>>So jetzt auf D für Fahren und dann langsam die Bremse lösen.<<

Ein kaum spürbares Rucken gepaart mit der Gang-anzeige im Armaturenbrett signalisierte mir, daß ein Gang eingelegt wurde. Anscheinend der Fünfte.

>>Zum Losfahren reicht wohl der fünfte Gang. Das macht der je nach Gewicht automatisch. Insgesamt hat der Zwölf<<, erklärte mir Walter.

Langsam nahm ich den Fuß von der Bremse. Der MAN setzte sich leicht in Bewegung. Walter wies mich an, einen langgezogenen Bogen zur Ausfahrt des Parkplatzes zu fahren, wo ich Anhalten sollte. Dort angekommen meinte er:

>>Das hat ja schonmal gut geklappt. Jetzt kuckst du, ob alles frei ist und fährts links rum. Und denk dran, wir

haben Zeit und du bist vermutlich der Stärkste. Und immer die Spiegel im Blick halten.<<

Als ich sicher war, daß ich eine genügend große Lücke zwischen den anderen Fahrzeugen auf der dicht befahrenen Hauptstrasse gefunden hatte, gab ich vorsichtig Gas und bog behutsam ein. Während mich Walter durch die Gewerbegebiete und Ringstrassen meiner Heimatstadt führte, erklärte er mir die wichtigsten Funktionen und Verkehrssituationen. Nach anderthalb Stunden, ich fühlte mich immer wohler auf dem Bock, rollten wir wieder auf den Parkplatz, auf dem wir gestartet waren. Wir stiegen beide aus, um die einzelnen Punkte der Abfahrtskontrolle durchzugehen.

>>Die musst du im Schlaf können<<, sagte Walter abschließend.

Die nächste Fahrstunde war eine Autobahnfahrt. Wir starteten wie gehabt vom Parkplatz aus. Aber anstatt wieder mit mäßiger Geschwindigkeit durch die Stadt zu fahren, lotste mich Walter diesmal in Richtung Autobahnzubringer. Als ich mich von der

Beschleunigungsspur in den fließenden Verkehr eingeschlängelt hatte, klärte mich Walter über die Vorzüge des Abstandsregeltempomaten auf.

>>Drück mal hier...<<, er zeigte auf den kleinen Knopf auf dem Lenkrad.

Jetzt wurde es gruselig. Nicht nur, daß der MAN jetzt eigenständig den Abstand zum Vorrausfahrenden exakt einhielt und die Geschwindigkeit dementsprechend drosselte, oder erhöhte, nein auch das Lenkrad bewegte sich wie von Geisterhand, um die korrekte Spur zu halten.

>>So, das mußt du jetzt acht Stunden täglich machen, wenn du Berufskraftfahrer werden willst. Spannend, oder!?<<, ermutigte mich Walter

>>Will ich ja nicht. Aber mit dem, was ich in unserem Bus machen muss, damit ich den in Bewegung setzen kann, hat das ja eher wenig zu tun.<<

>>Ja, Busfahren ist nochmal was anderes.<<

Wir echauffierten uns über den Irrsinn der deutschen Zulassungsregeln und Walter bot mir an, eine der

Fahrstunden auf dem hauseigenen Reisebus machen zu dürfen.

>>Damit du mal ein Gefühl für so ein Ding bekommst<<, sagte er zu mir, während ich den MAN rückwärts auf seinen Parkplatz setzte.

Drei Fahrstunden später war es soweit. Als ich am Parkplatz ankam, saß Walter nicht wie üblich auf dem Beifahrersitz des MANs, sondern auf dem, des Neoplan Cityliners. Schon beim Einsteigen wurde einem der Unterschied zum LKW deutlich. Ob es am Geruch, an der Akkustik oder der Haptik lag ist schwer zu sagen, vermutlch von jedem ein bisschen. Der Fahrersitz bot auch unzählige Einstellmöglichkeiten, wirkte aber noch bequemer als der des MANs.

>>Von den Einstellungen ist das fast identisch zum MAN. Du sitzt jetzt natürlich tiefer und vor der Achse. Insgesamt ist der Bus auch länger und du mußt noch mehr die Spiegel im Auge behalten. Aber der Hauptunterschied ist, daß du jetzt nicht fährst, sondern

reist. Das merkst du schon nach den ersten Metern...<<, erklärte mir Walter mit großen Augen.

Und tatsächlich, als ich Richtung Hauptstrasse fuhr konnte ich den Unterschied direkt merken. Im Inneren des Busses war es viel leiser. Das lag vermutlich am Heckmotor und der hochwertigen Schallisolation. Aber auch das ausgeklügelte Luftfahrwerk ließ jede Bodenwelle, wie von Zauberhand verschwinden. Auf der Straße wurde man von den anderen Verkehrs-teilnehmern auch ganz anders wahr genommen. Auffällig war, daß entgegenkommende Busfahrer einen grüßten. Das kannte ich bis jetzt nur vom Motorradfahren, oder von den Wohnmobilisten. Wieder etwas gelernt. Diese Fahrstunde war mit der im MAN nicht zu vergleichen. Man entschleunigte regelrecht, und so verging die Zeit, wie im Flug oder Bus und wir fuhren viel zu früh zurück zum Parkplatz.

>>Nächstes Mal machen wir die Prüfungsvorbereitung. Dann fahren wir mit dem MAN die Strecke, die zu neunzig Prozent die Prüfungsstrecke sein wird, ab. Denn

Tags drauf haben wir für dich den Prüfungstermin.<<

>>Oh, schon?<<

>>Klar, du kannst doch alles. Wird schon.<<

Also fuhren wir beim nächsten mal die vermeintliche Prüfungsstrecke ab. Walter erklärte mir die Tücken dieser Strecke und wir gingen nochmals in Ruhe alle Abfahrtskontrollpunkte durch.

>>Dann sehen wir uns morgen um neun Uhr hier auf dem Parkplatz.<<

>>Alles klar, bis morgen.<<

Als ich am nächsten Tag um viertel vor neun unseren Mercedes auf den Parkplatz stellte, sah ich, wie der MAN von einem alten Bekannten rückwärts an eine Rampe gefahren wurde. Nachdem der Motor abgestellt wurde, stiegen Walter, George (Clooney), dem die Erleichterung ins Gesicht geschrieben war und eine dritte Person aus dem MAN aus. Die dritte Person schien der Prüfer zu sein, denn dieser schüttelte George die Hand und überreichte ihm ein Dokumente. Er hatte augenscheinlich bestanden. Ein gutes Zeichen, dachte ich. Freudestrahlend kam er mir entgegen.

>>Bestanden?<<, fragte ich.

>>Ja!!<<, so die freudige Antwort

>>Herzlichen Glückwunsch. War schwer?<<

>>Bisschen, Komischer Prüfer.<<

>>Ich bin gespannt.<<

>>Viel Gluck.<<

Und schon war ich in Hörweite des Prüfers, der gerade dabei war in den MAN zu steigen. Ich folgte ihm und sagte dabei:

>>Guten Morgen, die Herren.<<

>>Guten Morgen! Ich bin Herr Schäfer. Ich werde Sie heute prüfen!<<

>>Das ist schön<<, so meine Antwort. Doch Herr Schäfer verzog keine Miene.

Walter begrüßte mich auch und gab mir mit einem Blick zu verstehen, daß ich entspannt bleiben sollte.

>>So, dann bereiten sie ihren Arbeitsplatz mal vor.<< Ich tat, wie mir geheißen, stellte den Sitz und das Lenkrad optimal für meine Zwecke ein und schnallte mich an.

>>Fertig!<<, sagte ich.
>>Wir fahren circa fünfundvierzig Minuten. Nichts vergessen?<<
Und plötzlich traf es mich, wie der Blitz: Die Abfahrtskontrolle! Langsam schnallte ich mich ab, öffnete die Tür und sagte ein bißchen zu entspannt:

>>Erstmal natürlich die Abfahrtskontrolle!<<, und stieg aus.

Walter viel hörbar ein Stein vom Herzen. Wir stiegen alle drei aus und ich begann die Punkte um den MAN abzuarbeiten. Zwischendurch stellte mir Herr Schäfer einige Frage, die ich alle beantworten konnte. Nach zehn Minuten stiegen wir wieder ein.

>>Jetzt aber<<, sagte ich.

>>Dann starten sie mal den Motor, falls Sie nichts vergessen haben.<<

Diesmal war ich sicher und drückte den Startknopf. Langsam fuhren wir vom Parkplatz auf die, mir schon bekannte Strecke. Walter wies mir den Weg. Mit jedem Kilometer den wir fuhren, wurde ich ruhiger. Auf der Autobahn, während im Prinzip die Elektronik das Fahren übernommen hatte, konnten wir sogar ein wenig Smalltalk betreiben. Auch die kniffligen Stellen in engen Straßen und das Rückwärtsfahren an die Rampe gelang mir gut.

>>Dann stellen sie mal den Motor ab<<, sagte Herr Schäfer und begann seine Unterlagen auszufüllen.
Eine gefühlte Ewigkeit später verkündete er dann:

>>Das war ja knapp mit der Abfahrtskontrolle.<<
>>Ein bißchen aufgeregt...<<, erklärt ich, um keine Ausrede verlegen.
>>Ist ja nochmal gut gegangen. Sie haben bestanden. Herzlichen Glückwunsch<<, jetzt lächelte Herr Schäfer

sogar.

>>Vielen Dank.<<

>>Den Führerschein habe ich jetzt aber leider nicht dabei. Sie bekommen aber eine Bescheinigung, mit der sie zum Strassenverkehrsamt gehen müssen, um ihre Fahrerlaubnis zu beantragen. Dann bekommen Sie auch eine vorläufige Bescheinigung. Mit der dürfen Sie dann auch fahren. Aber nur mit der, nicht mit dieser hier!<<, er deutete auf den Wisch in seiner Hand.

Meine Freude über die bestanden Prüfung war zwar immer noch groß, wurde aber durch die Aussage von Herrn Schäfer getrübt. Eigentlich wollten wir nach meiner bestandenen Prüfung umgehend den Bus abholen. Das wurde wiedermal auf unbestimmte Zeit verschoben.

13 Wie schön, daß ich geboren bin...

>>Was wünschst du dir denn zum Geburtstag?<<, fragte mich Maja ein paar Tage später beim Abendessen.

>>Einen Bus!<<, meine schnelle Antwort. Es war mittlerweile Ende März. Und uns drohte die Zeit davon zu laufen. Spätestens in den Sommerferien würden wir

einen Bus brauchen. Da tröstete uns der Umstand, daß Jupp seinen Angelpark auch erst im Sommer eröffnen wollte und ihn der Bus solange nicht störte, nur wenig.

>>Dann schauen wir mal, was wir machen können<<, grinste mich Maja an und nahm sich noch ein Brötchen aus dem Brotkorb. Bis zu meinem Geburtstag waren es nur noch gut drei Wochen. Wenigstens hatte ich einen Termin beim Straßenverkehrsamt, um meinen vorläufigen Führerschein abholen zu können. Doch mit diesem konnte ich den Bus ja leider nicht fahren, weil dieser immer noch als Kraftomnibus angemeldet war und ich den LKW-Führerschein hatte. In unserem Umfeld wurden die Menschen auch langsam ungeduldig. Es hatte sich bereits rumgesprochen, daß die verrückte Großfamilie jetzt auch noch einen Bus gekauft hatte. Und so wurde man bei den nächst besten Begegnungen immer wieder auf den Bus angesprochen. Die meisten hatten kaum eine Vorstellung, was mit Bus gemeint war:

>>Ein VW-Bus?<<, so meist die ungläubige Frage.
>>Nein, ein Reisebus! Tatsächlich zwölf Meter lang<<, immer die gleiche Antwort.

>>Was wollt ihr denn damit?<<

>>Reisen!<<

>>Habt ihr euch das denn gut überlegt?<<

>>Ja.<<

>>Was verbraucht der denn?<<

>>Sehn wir dann.<<

>>Und wo steht der dann?<< Diese Frage hatten wir nach reichlicher Überlegung geklärt.

>>Vor unserem Haus, bis wir den umgebaut haben<<, so die Antwort seit ein paar Tagen.

Dies war die beste Lösung, da wir dadurch zu jeder Zeit im Bus werkeln konnten, ohne daß wir vorher ständig zu irgendeiner Halle fahren mußten. Wir konnten den Umbau so in unseren Alltag einbauen. Dieser Umstand kam uns auch finanziell sehr entgegen, weil wir dadurch keine Ausgaben für eine Standmiete haben würden. Hinzu kam, daß wir vorsichtig bei den Nachbarn nachgefragt hatten, inwiefern sie der Bus stören würde. Die Reaktionen waren durchweg positiv. Fragte sich nur, ob dies so blieb, wenn der Bus ersteinmal da war.

In den nächsten Tagen telefonierte ich viel, um jemanden

zu finden, der uns den Bus nach Hause holen konnte. Doch egal wen ich anrief, niemand hatte Zeit, oder den passenden Führerschein dafür. Es war wie verhext. Dieser Umstand schlug dann auch auf mein Gemüt, so daß ich mich nicht einmal richtig auf meinen Geburtstag freuen konnte. Viel geplant hatte ich sowieso nicht, da mein Jubeltag dieses Jahr in der Woche lag. Und so wurde ich morgens nach alter Tradition mit einem Kerzenkuchen und dem Gesang meiner Lieben geweckt, hatte aber sonst keine Erwartungen an den Tag. Als mir dann aber nach dem Frühstück eine Augenbinde übergezogen wurde und ich mich auf die Rückbank des Mercedes setzten sollte, wurde ich doch ein wenig aufgeregt. Ich konnte hören, daß mein ältester Sohn Paul den Wagen fuhr und Maja mit Willi neben mir Platz genommen hatte. Die anderen Kinder waren in der Schule. Wir hatten uns für den Tag Urlaub genommen. Ein paar Minuten später, ich vermutete, daß wir auf der Autobahn fuhren, hörte ich, wie eine Sektflasche geöffnet und der Inhalt in ein Glas gegossen wurde. Maja hielt es mir vor den Mund, so daß die prickelnde Kohlensäure an meiner Nase kitzelte.

>>Herzlichen Glückwunsch zum Geburtstag und Prost! <<, sagte sie freudig.

>>Prost!<<, erwiderte ich und spitzte die Lippen um von ihr einen Kuß zu bekommen.

Den bekam ich. Und so fuhren wir Sekt trinkend dahin, bis wir circa eine Stunde später die Autobahn verließen und uns mit mäßiger Geschwindigkeit über kleinere Strassen hinweg bewegten.

Nach weiteren dreißig Minuten hielten wir an.

>>Wir sind da<<, meinte Paul und stellte den Motor ab

>>Jetzt bin ich wirklich neugierig<<, gab ich zu.

>>Dann steig mal aus<<, bat mich Maja.

Sie führte mich an der Hand ein paar Schritte vorwärts, bis sie mich anwies stehen zu bleiben. Ich spürte die warme Frühlingssonne auf meinem Gesicht. Im Hintergrund hörte ich bis auf aufgeregtes Vogelgezwitscher nichts. Plötzlich erklang ein ohrenbetäubendes Hupen. Ich erschrak so sehr, daß ich zusammenzuckte. Und in dem Moment wurde mir klar:

Es war die böse Hupe von unserem Bus. Ich riss mir die Augenbinde vom Kopf und schaute blinzelnd in die Gesichter von Maja, Willi, Paul und zu meiner Über-raschung Stefan, ein guter Freund von uns. Sie standen alle im Halbkreis vor unserem Bus, der immer noch in Jupps Angelpark stand. Und am Steuer saß Jupp, der gerade ein weiteres mal hupte.

>>HERZLICHEN GLÜCKWUNSCH ZUM GEBURTSTAG!!!<<, brüllten alle, wie aus einer Kehle. Und Maja fügte hinzu:
>>Du hast dir doch einen Bus gewünscht.<<

Zu Tränen gerührt fiel ich ihr um den Hals und bekam nur ein verschlucktes:

>>Du bist verrückt!<<, heraus.
>>Das ist doch nichts Neues. So dann steig mal ein. Innen ist alles vorbereitet, Stefan fährt uns zurück - Im Bus! Jupp ist so nett und überlässt uns die roten Kennzeichen, bis wir soweit sind, um den selbst anzumelden!<<, erklärte Maja und stieg hinter mir ein.

Die roten Kennzeichen, die man zum Überführen von Fahrzeugen von den Behörden bekommt waren für unsrere Situation ein Segen. Stefan, der durch seine Fahrlehrerausbildung auch den Busführerschein hatte, ließ sich von Jupp noch ein paar Tipps geben und fuhr langsam aus dem Unterstand Richtung Tor.

>>Alles jute! Und lasst euch hier noch ens blicke<<, rief uns Jupp hinterher.
>>Auf jeden Fall und vielen, vielen Dank<<, antwortete ich, während Stefan die Bustüren per Luftdruck schloß.

>>Und, fährt sich spitze, oder?<<, fragte ich Stefan als wir uns durch die Eifler Landstrassen schoben.
>>Macht wirklich Spaß!<<
>>Und ich dachte, du bist mit Fahrstunden voll bis in den Herbst...>>, erinnerte ich ihn an unser, vor einer Woche stattgefundenes Telefonat, indem er mir beteuerte wirklich keine freie Minute zu haben, um den Bus zu holen.
>>Maja hätte mich umgebracht, hätte ich etwas erzählt...<<, konnterte er. Und von hinten kam:

>>Oh ja, das hätte ich. So und jetzt trinken wir ein Bier.<< Sie reichte mir eine Flasche und wir prosteten zusammen an.

>>Wenn wir angekommen sind, nehm ich auch eins<<, ergänzte Stefan.

Auf der Autobahn angekommen sahen wir, wie Paul uns im Mercedes überholte und am Horizont verschwand.

>>Der hat wohl noch was vor<<, meinte ich.

>>Vielleicht...<<, entgegnete mir Maja.

Als wir von der Autobahn abfuhren und uns Richtung Zuhause bewegten, nahm ich Maja in den Arm und flüsterte ihr ins Ohr:

>>Vielen Dank. Das ist das schönste Geschenk. Ich liebe Dich.<< Sie gab mir einen Kuss und deutete mit einem Nicken an, daß ich aus dem Fenster schauen solle. Wir fuhren gerade in unsere Strasse, als ich sah wie die engsten Freunde und unsere Familie vor unserem Haus Spallier standen. Auch die Kinder waren schon aus der Schule zurück und standen dabei. Sogar Paul.

>>Jetzt weiß ich auch, warum der auf der Autobahn so

Gas gegeben hat<<, sagte ich.

>>Der mußte ja das Fass anstechen<<, stimmte mir Maja zu. Stefan parkte den Bus und öffnete die vordere Türe. Wie an einem wunderschönen Urlaubsort angekommen stiegen wir aus und wurden von der gratulierenden Meute enpfangen.

Paul hielt uns ein Tablett mit vollen Biergläsern hin. Ich nahm zwei und reichte eins Stefan.

>>Bier?<<, fragte ich.

>>Unbedingt!<<, antwortete er.

Bis weit in die Abendstunden feierten wir meinen Geburtstag und vor allem den neuen Bus. Jetzt konnte der Umbau endlich beginnen!

Teil II – Der Umbau

1 Entkernen

>>Das ist Bitumen, oder so<<, sagte ich zu Maja. Ich kratzte mit meinem Fingernagel an der Farbe, die im hinteren Bereich des Busses, von innen auf die Scheiben

gestrichen wurde. Fast die Hälfte aller Scheiben wurde von irgendeiner Blitzbirne mit einer seltsamen schwarzen Farbe bestrichen.

>>Was für eine Sauerrei<<, antwortete sie.

>>Ich hol mal einen Spachtel. Damit sollte es gehen.<<

Ich ging in den Keller und holte alles, von dem ich glaubte die Scheiben von der Farbe befreien zu können nach oben. Jupp hatte uns schon gewarnt, daß das kompliziert werden könnte. Er hatte versucht, die Farbe zu entfernen, hat es aber dann aufgegeben, weil er es als Sicht- und Sonnenschutz nicht so schlecht fand. Wir fanden es grauenhaft. In einer Ecke fing ich vorsichtig an zu scharben. Leider ging es viel schwieriger als erwartet, weil der Spachtel nur selten unter die Farbe kam. Wir brauchten eine Alternative.

>>Wie wäre es mit Verdünner?<<, schlug Maja vor. Sie verließ den Bus und kam ein paar Minuten später mit einem Kanister zurück, auf dem in nicht mehr ganz leserlichen, roten Buchstaben das Wort Verdünnung stand.

>>Den hatten wir noch in der Garage. Dann versuchen wir mal unser Glück.<< Sie reichte mir einen alten Spüllappen, den ich mit der Flüssigkeit aus dem Kanister tränkte. Mit dem Lappen putzte ich über die Farbe an den Scheiben. Wirklich viel passierte leider nicht. Kurz meinte ich sogar, daß ich die Farbe über das Lösungsmittel hab lachen hören. Vielleicht lag das aber auch an den Dämpfen.

>>Da werde ich ja eher breit, bevor sich hier irgendwas tut.<< Ich schmiß den Lappen auf den Boden und mußte erstmal an die frische Luft. Maja folgte mir und meinte:
>>Ich hab noch eine Idee.<<
Als sie ein paar Minuten später wieder aus dem Haus kam, ging es mir wieder besser. Triumphierend hielt sie einen silbernen Gegenstand mit ihrer rechten Hand in die Höhe.
>>Tada!<<
Da mich die Sonne hinter ihr blendete, konnte ich nicht erkennen, was der Gegenstand genau war.
>>Was ist das?<<, fragte ich also.

>>Ein Ceranfeldscharber. Den hatte wir noch in der Besteckschublade. Keine Ahnung, warum<<, erklärte sie mir. Dies war wirklich seltsam, da wir kein Ceranfeld im Haus hatten. In unserer Küche war ein Gasherd aus Edelstahl.

>>Vielleicht noch von meinen Eltern<<, vermutete sie.

>>Ich versuchs auf jeden Fall mal.<<

Neugierig folgte ich ihr wieder ins Innere des Busses, wo sich die Dämpfe mittlerweile verzogen hatten. Und siehe da: Mit einem Ratsch verursachte der Ceranfeldschaber eine circa vier Zentimeter breite Spur, aus der direkt die Sonne ins innere schien.

>>Das funktioniert!<<, freute sich Maja. Leider war die Freude nur von kurzer Dauer, da sich die Farbe in dem Schaber festsetzte. Hinzukam, das dieser auch nicht mehr der schärfste war. Wir brauchten also jetzt viele, am besten große, neue Ceranfeldschaber. Ich schaute im Internet und wurde fündig. Leider war die Lieferzeit mit drei bis sieben Tagen sehr lang. Also machte ich mich auf den Weg zum nächsten Baumarkt. Dort kaufte ich alles, was ich an Ceranfeldschabern finden konnte.

Wieder am Bus angekommen machten wir uns direkt an die Arbeit. Es ging tasächlich besser als erwartet. Trotzdem wurde uns schnell klar, daß die Farbbefreiaktion eine wochenendfüllende Beschäftigung werden würde. Das Kratzen selber war schon mühsam. Aber am Schlimmsten war das Entfernen der winzigen Farbpartikel, die sich wie Konfettie nicht nur überall im Bus verteilten, sondern auch durch jede Ritze unserer Kleidung drangen. Selbst abends beim Duschen, war es schwierig die statisch aufgeladenen Farbteilchen von unseren Körpern zu bekommen. Wochen später fand man immer noch Farbteilchen an den unmöglichsten Stellen. Im Bus.

Aber das Ergebnis konnte sich sehen lassen. Im Bus wurde es endlich hell. Das Innere wirkte nun noch größer. Durch diesen Effekt motiviert entschlossen wir uns den Bus erstmal komplett leer zu räumen. Hierfür stellten wir alles, was wir noch brauchten in die Garage. Das meisste konnten wir gut entfernen. Schwierigkeiten bereiteten uns die alten Gepäckfächer an der Decke. Eigentlich hätten wir diese gerne drin gelassen. Da jedoch ein Vorbesitzer, vermutlich der mit der grandiosen

Scheibenbepinselidee, die Hälfte der Fächer stümperhaft entfernt hatte, waren die anderen leider auch nicht mehr zu retten. Und weil die komplette Deckenverkleidung mit den Gepäckfächern verbunden war demontierten wir diese gleich mit. Jetzt war die Decke bis auf das Trägerprofil und die Isolierung freigelegt. Dies hatte den Vorteil, das wir die Verkabelung in die Decke legen konnten. Abends setzten wir uns mit unserem Feierabendbier auf den Boden des Busses und überlegten, wie wir den Raum optimal nutzen wollten.

2 Fahrende Blockhütte

>>Ich will auf jeden Fall ein seperates Schlafzimmer, nur für uns<<, sagte Maja. Dieses planten wir im Heck. Davor wollten wir die Küchenzeile bauen, mit gegen-überliegender Vierersitzgruppe und Tisch in der Mitte. Vor dieser noch eine Vieresitzgruppe mit Tisch, dann hätten wir acht Sitzplätze.
Dies sollte reichen. Leider hatten wir aber nur eine Vierersitzgruppe in der Garage stehen. Im Internet waren zwar auf den ersten Blick jede Menge alte Bussitze zu

finden, die waren aber entweder abgeranzt oder passten so garnicht zu unseren vorhandenen Sitzen.

>>Und wenn wir komplett andere Sitze einbauen?<<, fragte mich Maja nachdem sie eine gefühlte Ewigkeit das Internet durchforstet hatte.
>>Hier bietet jemand dreißig Sitze aus einem Setrabus an. Das ist unser Modell. Und schau mal die Farbe.<< Sie grinste mich an. Die Polsterung passte wie Faust aufs Auge zu unserem Farbkonzept. Ein leichter grün/ grau Ton. Und sogar der Zustand der Sitze sollte laut Anzeige fast neuwertig sein. Der einzige Nachteil: Die Sitze standen über zweihundert Kilometer weit entfernt. Dagegen wurden diese so gut wie verschenkt.

>>Fragen kostet nichts<<, sagte ich und wählte die Nummer, die in der Anzeige stand.
Ein unheimlich netter Typ, Torsten war am anderen Ende zu hören. Er erzählte mir, daß er mit seinem Kumpel und seinem Vater auch einen Bus umbaute. Er bot uns sogar an, die Sitze in der nächsten Woche vorbei zu bringen, da sie sowieso geschäftlich im Ruhrgebiet zu tun hatten.

Wir einigten uns auf einen fairen Preis mit Transport und konnte es kaum erwarten, die Sitze einzubauen.

In der Zwischenzeit fingen wir an Herr über das Stromchaos zu werden. Die verbauten Komponenten waren wirklich hochwertig, der Einbau hingegen mehr als stümperhaft. Kreuz und quer hatte jemand Kabel verlegt, bei denen man nicht sehen konnte welche Bedeutung diese hatten. Da die Batterien im Kofferraum, unter dem Fahrgastraum lagen und wir den Platz auch nicht verändern wollten, überlegten wir einen Elektrokasten zwischen die beiden Sitzgruppen, genau über dem Batteriefach zu bauen.

>>Im Keller sollte noch Holz von unserer Renovierung rumliegen. Daraus sollte sich doch was zimmern lassen<<, schlug ich vor, als mir Maja einen Becher Kaffee reichte.

>>Jetzt machen wir erst mal Kaffeepause und dann machen wir uns auf die Suche.<<

Wir fanden diverse Kanthölzer und zwei noch verschweißte Pakete Blockhausdielen mit Nut und Feder.

>>Das könnte hübsch aussehen. Und streichen kann man die zur Not ja auch noch<<, meinte Maja und half mir die Hölzer zum Bus zu tragen. Wir werkelten den Rest des Tages. Als wir fertig waren, konnte sich das Ergebnis sehen lassen.

>>Das sieht echt klasse aus. So können wir doch auch die Betten und die Zwischenwände verkleiden. Ist auch super für das Raumklima<<, schlug ich vor.
>>Dann müssen wir nur darauf achten, daß uns das Holz nicht erschlägt. Aber das bekomm ich mit den restlichen Möbeln schon hin<<, stimmte Maja mir zu.

Die Idee war also geboren. Der Bus würde eine fahrbare Blockhütte werden.
Jetzt brauchten wir nur noch mehr Blockhausdielen. Am nächsten Tag fuhren wir deswegen zu unserem Holzhändler und besorgten Kanthölzer für die Unterkonstruktion, Befestigunungsmaterial und die nötigen Blockhausdielen.
Bevor jedoch die Holzarbeiten weitergehen konnten, mußten noch die Strom- und Wasserleitungen verlegt

werden. Hierfür planten wir für jedes Bett eine Steckdose mit LED Beleuchtung, damit jeder Licht und die Möglichkeit zum Laden von Geräten haben sollte. Nachdem ich die Kabel über die Deckenstreben verlegt hatte, zogen wir die Deckenverkleidung ein. Diese hatte Maja vorher in mint gestrichen, was mit viel Aufwand verbunden war, da die Decke eine leichte Wölbung hatte. Nach langen zwei Arbeitstagen und diversen Fingerquetschungen waren alle Platten montiert. Nun konnten wir die Unterkonstruktion der vier Stockbetten, der Küche und der Wand zum Schlafzimmer verschrauben. Die losen Bettgestelle von Jupp benutzten wir als Lattenroste für die Kinderbetten. Das ganze mussten wir dann nur noch mit den Blockhausdielen verkleiden. Als wir nach getaner Arbeit abends im Bus zusammen saßen und stolz unser Feierabendbierchen tranken, kamen wir uns vor, als säßen wir in einer modernen Waldhütte und nicht in unserem Bus. Der Holzgeruch machte das Ganze noch gemütlicher, so daß wir den Bus gar nicht mehr verlassen wollten.

Als nächstes begannen wir mit dem Aufbau der Küche. Hierfür nutzten wir größtenteils die vom Vorgänger montierte Zeile. Diese passte genau an die Stelle, die wir für die Küche ausgewählt hatten. Hinter den Schränken hatten wir genug Platz um die Wasser- und Abwasserleitungen zu verlegen. Diese mußten dann nur noch mit dem zweihundert Liter Tank, der Pumpe und dem zehn Liter Warmwasserboiler verbunden werden, die in den Gepäckfächern unter der Küche verbaut werden sollten. Alles Drei sollte in den nächsten Tagen per Paketdienst eintreffen. Die komplette Wasserversorgung sollte über handelsübliche Haushaltsdruckarmaturen erfolgen. Mit den zwölf Volt Camping-Wasserhähnen hatten wir in unserem alten Wohnmobil schlechte Erfahrungen gemacht, so daß wir bei der Pumpe nicht sparen wollten, um vernünftigen Druck auf der Leitung zu haben. Bevor wir nach dem Abendessen ins Bett gingen, sägte ich noch schnell die passenden Löcher für die Spüle und den Zweiflammen-Gasherd in die neue Arbeitsplatte. Dies funktionierte nur, weil der Bus vor dem Haus stand, und wir jede freie Minute für den Ausbau nutzen konnten. Auch unsere anfänglichen Bedenken bezüglich der Nachbarn, stellten sich als unbegründet heraus. Im Gegenteil, fast täglich hatten wir neugierige Besucher am und im Bus. Nicht selten saßen wir abends zusammmen mit Interessierten auf ein Bier oder Wein und beantworteten geduldig alle Fragen.

3 Möbelhaus Pocke

>>Vielleicht solltet ihr ein Buch über den Bus schreiben, wenn ihr fertig seid<<, meinte Tom, unser Nachbar eines Abends. Er war vor kurzem Rentner geworden und besuchte uns fast täglich.

>>Gute Idee<<, antwortete Maja.

>>Ich hab übrigens für übermorgen Sperrmüll bestellt. Frau Pocke zieht ja ins Altenheim. Morgen stell ich mit ihrem Sohn die Sachen auf die Straße. Vielleicht könnt ihr das ein oder andere noch gebrauchen<<, schlug Tom vor.

>>Spitze, dann helfen wir euch beim Rausstellen und schauen, ob wir etwas gebrauchen können<<, meinte Maja. Wir verabredeten uns für den nächsten Nachmittag.

Als ich am nächsten Nachmittag von der Arbeit nach

Hause kam, stand schon die ganze Straße mit Frau Pockes Sperrmüll voll. Freudestrahlend kam Maja mit zwei Stühlen in der Hand aus dem Mehrfamilienhaus, indem Frau Pocke die letzten fünfzig Jahre im Erdgeschoß gewohnt hatte.

>>Wir sind fast fertig. Nicht schimpfen, ich hab einiges in unsere Garage geräumt<<, sagte sie.

>>Soll ich noch helfen, oder seid ihr schon durch<<, fragte ich.

>>Frau Pockes Sohn ist schon weg. Du könntest noch mit Tom den großen Schrank aus dem Schlafzimmer raustragen. Dann war es das. Aber jetzt komm erstmal mit in die Garage und kuck dir an, was ich ergattert habe.<<

Sie stellte die Stühle neben den restlichen Sperrmüll und zog mich am Arm zu unserer Garage. Vor mir stand eine weiße Schubladenkomode, zwei weiße, rechteckige Regale und eine ausgebaute Echtholz-Küchenarbeits-platte, in der die typischen Löcher für Herd und Spüle gesägt wurden.

>>Warst du heute schon bei IKEA?<<, fragte ich Maja

und deutete auf die Komode und die Regale.

>>Die sind wie neu und Frau Pocke hat im Altersheim keinen Platz dafür. Und im Keller haben wir noch die passenden Einschubkörbe. Super, oder?<<, fragte sie mich leicht unsicher.

>>Klar. Die nehmen wir für das Schlafzimmer im Bus. Und die Reagale machen wir vorne unter das Notbett<<, schlug ich vor.

Unser Plan war das letzte Stück hinter dem Fahrersitz als Arbeitsfläche zu nutzen. Es sollte die gleiche Höhe, wie die Küchenzeile haben. Anfangs sollte es als Wickelkomode dienen und später zum Zeichnen, Kartenlesen oder einfach nur als Ablage. Und da die Fläche knappe zwei Meter lang war konnte man im Notfall mit einer Matratze darauf schlafen.

>>Und die Arbeitsplatte da...?<<, fragte ich stirnrunzelnd.

>>Die sägst du mir zurecht. Dann streich ich die und schwups haben wir zwei wunderbare Platten für die Esstische<<, erklärte Maja und gab mir einen Kuß.

>>Du bist grandios!<<

Ich ging zu Frau Pockes Haustüre und half Tom dabei, den Kleiderschrank und den restlichen Sperrmüll auf die Straße zu tragen. Frau Pocke schaute uns ein wenig traurig zu und sagte:

>>Schön, daß sie noch etwas brauchen können. Das wäre ja viel zu schade für den Sperrmüll. Wenn alles verbaut ist müssen sie mir den Bus unbedingt zeigen.<<
>>Selbstverständlich. Wir holen sie mit dem Bus persönlich am Seniorenstift ab<<, versicherte ich ihr.
>>Oh ja, das wäre schön. Da werden die anderen Bewohner bestimmt staunen<<, sagte sie und wirkte nicht mehr ganz so traurig.

4 Heimelich

Für den nächsten Tag hatte sich Torsten mit unseren Sitzen angekündigt. Gegen Mittag wollte er bei uns sein. Maja hatte die Tischplatten, die ich gesägt hatte geschliffen und in der gleichen Farbe wie die Deckenverkleidung gestrichen: Mintgrün. Als der Transporter vor unserem Haus hielt konnten wir es kaum erwarten die Sitze in natura zu sehen. Torsten und sein Vater halfen uns die fünf Sitzbänke in die Garage zu stellen.

>>Jetzt wollen wir uns mal euren Bus von innen ansehen<<, sagte Torsten danach. Seine Begeisterung konnte er nicht verbergen.

>>Ihr seid ja viel weiter als wir. Unser ist noch komplett leer.<<

Bei einer Tasse Kaffee tauschten wir noch Umbau-erfahrungen aus. Torsten hatte die gleichen Anmelde-probleme. Er berichtete, das er einen Prüfverein gefunden hätte, der seinen Umbau von Anfang an begleitet und ihm so Hoffnung auf die Historisch-Zulassung gemacht hatte. Wir verabschiedeten uns und versprachen uns gegenseitig auf dem Laufenden halten zu wollen.

>>Die bauen wir aber heute noch ein. Ich will wissen, ob die passen!<<, sagte Maja ungeduldig.

>>Das ist die gleiche Verschraubung, wie bei unseren alten Sitzen, die müssen passen<<, sagte ich.

>>Die Verschraubung ist mir egal. Ich meine, ob die

farblich passen!<< Ich hatte sie schon verstanden, konnte mir aber den Witz nicht verkneifen.

Wir bauten als erstes die hinteren zwei Sitzbänke gegenüber der Küche ein. Dann die Sitzgruppe davor. Zu letzt die Sitzgruppe, die als Beifahrersitz dienen sollte. Alle passten wie angegossen. Farblich und von der Verschraubung. Als wir dann noch die Tische montierten, hatten wir fast ein Tränchen im Auge, so gut passte alles zusammen.

Wir kamen so gut voran, daß wir beim Abendessen entschieden für die Sommerferien einen Campingplatz in Kroatien zu buchen. Bis dahin hatten wir noch vier Wochen Zeit.

Eigentlich wollten wir das nächste Wochenende ohne Busarbeiten verbringen. Doch jetzt, wo wir den Campingplatz gebucht hatten und alle Komponenten für die Wasserinstallation geliefert wurden, nutzten wir die freie Teit am Samstag doch. Während Maja die alte Reisebustoilette in ein schickes Badezimmer um-gestaltete, fing ich an die Wasserinstallation anzu-schließen. Der zweihundert Liter Tank passte haargenau in das hintere, linke Gepäckfach. In das Fach daneben schraubte ich die Druckpumpe und den Warmwasser-boiler. Als ich alle Leitungen verbunden hatte, füllte ich den Tank mit Wasser.

>>Wasser marsch!<<, sagte ich, als ich den Schalter der Pumpe betätigte. Ein leises Brummen war zu hören. Ich öffnete die Mischarmatur am Spülbecken der Küche und nach einem kurzen Gurgeln kam klares Wasser aus dem Hahn. Das Gleiche tat ich im frisch gestrichenen Badezimmer. Hier hatte ich die alte Reisebusarmatur in eine Waschbeckenarmatur mit Brausefunktion getauscht. Auch hier lief das Wasser, wie im Haus.

>>Ich freu mich schon aufs Duschen<<, sagte Maja, die gerade dabei war den Duschvorhang an der Schiene zu befestigen. Auch der Boiler funktionierte einwandfrei.

Den Wohnbereich hatten wir soweit fertig. Der Rest war Majas Aufgabe. Vorhänge nähen, Deko, Bettwäsche, hier war sie voll und ganz in ihrem Element.

Da man von außen die Bett- und Küchenkonstruktionen

durch die Scheibe sehen konnte beschlossen wir die Scheiben abzukleben. Erst wollten wir nur getönte Folie auf die Scheiben kleben. Dies hätte wir jedoch von innen machen müssen. Dafür war es jetzt zu spät. Also suchten wir nach alternativen Lösungen.

>>Hier gibt es Lochfolien. Wie bei Linienbussen. Da kann man sogar sein eigenes Motiv wählen<<, las ich Maja vor.

>>Lass mal sehen.<<

Maja klickte sich durch die Internetseite und meinte dann: >>Das ist ja ganz nett, aber wenn es dunkel ist und wir im Bus Licht anhaben, kann jeder reinkucken. Und billig ist die auch nicht.<<

Einen ganzen Abend verbrachten wir mit der Suche. Bis Maja fündig wurde:

>>Hier die nehmen wir!<<, sie zeigte mir einen Shop für Autofolien.

>>Das ist die Folie, die sie zum folieren von Autos nehmen, anstatt lackieren. Die ist super robust und klebt auch auf Scheiben.<<

>>Ist die teuer?<<

>>Ne, überhaupt nicht. Und die gibt's in alle Farben.<<

>>Ist nur die Frage, ob wir die gut verklebt bekommen<<

>>Das schaffen wir schon.<<

Wir maßen die Scheiben, die wir bekleben wollte aus und einigten uns auf ein mattes schwarz. Maja bestellte extra großzügig, falls beim Bekleben etwas schiefgehen sollte. Die Lieferzeit betrug nur drei Tage. Laut Wetterbericht sollte es eine Woche nicht regnen. Genügend Zeit also, um zu folieren.

5 Lambrechts Hausaufgaben

In der Zwischenzeit versuchten wir einen Prüfer zu finden, der uns den Bus zum Wohnmobil umschreiben würde. Im Idealfall ohne Verlust der Historisch-Zulassung. Ich telefonierte mit verschiedenen Menschen. Doch entweder wurde ich in hoch modernen Warteschleifen vergessen, oder die Person am anderen Ende war schlichtweg überfragt. Es gab auch private Ingineurbüros, die sich auf Oldtimerzulassungen spezialisiert hatten und mit den entsprechenden Prüfvereinen zusammenarbeiteten. Aber leider bisher nicht bei Reisebussen. So schwand bei uns immer mehr die Hoffnung auf die günstige H-Zulassung. Aber selbst einen normalen Termin zu bekommen war für unsere Art von Fahrzeug nicht einfach. Und da wir im Anschluß noch einen Termin für die Anmeldung im Straßenverkehrsamt brauchten, mußte unser Timing stimmen.

>>Wir machen einfach mehrere Termine und nehmen dann den, der passt<<, schlug ich vor. Und so buchten wir auf der Seite unseres Straßenverkehrsamtes vier Termine. Den letzten genau sechs Tage vor unserer geplanten Abfahrt in den Sommerurlaub.
So ließen wir schon zwei Termine verstreichen, bis ich in der Nachbarstadt endlich einen kompetenten Prüfer am Telefon hatte.

>>Reisebus zum Wohnmobil? Haben wir schon gemacht<<, so der erste vernünftige Satz, den ich von einem Prüfer im Bezug auf den Bus am Telefon hörte.

> Sie brauchen einen Wiegeschein, eine VDE-Bescheinigung für die Elektroinstallation und, falls vorhanden eine Gasprüfung.<<

> Wiegeschein?<<, fragte ich nach.

> Da fahren Sie zu einem Baustoffhandel oder zur Müllentsorgung. Da kriegen Sie den. Wichtig: mit vollem Tank und ohne Gepäck. Das ist dann ihr Leergewicht.<<

> Alles klar. Und dann machen wir bei Ihnen einen Termin?<<

> Im Normalfall ja.<<

> Im Normalfall heißt?<<

> Wenn sie das noch diese Woche alles zusammenbekommen bin ich ihr Mann. Ab nächste Woche bin ich für drei Monate in Elternzeit. Und ich bin hier der einzige, der die Abnahme machen kann.<<

> Mist, diese Woche ist utopisch. Wir haben ja schon Mittwoch.<<

> Sagen Sie mir mal Ihre Email-Adresse, dann schreib ich Ihnen, was Sie genau brauchen und schreib ein paar Telefonnummern auf, von bekannten Prüfern, die auch Busse prüfen.<<

> Das wäre supernett!<<, sagte ich und buchstabierte

ihm meine Emailadresse.

In der Email stand die genaue Vorgehensweise zur Ummeldung und vier Telefonnummern von verschiedenen Prüfern in der näheren Umgebung. Sogar eine Handynummer war dabei. Und da bei den anderen drei Festnetznummern entweder ein Band antwortete, eine Sekretärin mich vertröstete oder besetzt war, wählte ich mit wenig Hoffnung die Handynummer.

>>Lambrecht?!<<, hörte ich nach mehrmaligen Klingeln. Im Hintergrund waren Fahrgeräusche zu hören.
>>Henry Klunker hier. Ich wollte eigentlich Fragen, ob Sie mir unseren Bus zum Wohnmobil ummelden.<<
>>Dann fragen Sie mal. Ne Scherz beiseite. Im Prinzip schon. Ich bin aber fast nur im Außendienst tätig. Wo haben Sie denn die Nummer her?<<
>>Die hat mir ein Prüfer gegeben, der eigentlich den Bus ummelden wollte, der jetzt aber in Elternzeit geht.<<
>>Ach, bestimmt der Oliver Jahns...<< Ich suchte den Namen auf der Email und bestätigte Herrn Lambrechts Vermutung.

>>Wir haben zusammen die Ausbildung gemacht. Ist das Kind schon da. Na egal. Der hat Ihnen mit Sicherheit schon gesagt, was Sie brauchen.<< Ich las ihm die Bedingungen aus der Email vor.

>>Dann wissen Sie da ja schon Bescheid. Ich hab jetzt Ihre Nummer und rufe Sie morgen nachmittag zurück, wenn ich wieder im Büro bin.<<

>>Super, vielen Dank. Bis morgen.<<

Jetzt wußten wir, was wir noch zu tun hatten. Wiegen war kein Problem, daß konnten wir bei unserem Baustoffhandel machen. Die Gasprüfung brauchten wir nicht und die Elektroabnahme konnte mein Onkel machen. Der hatte einen Meisterbetrieb und würde uns bestimmt helfen. Ich rief ihn direkt an:

>>Hi Robert.<<

>>Henry! Was macht der Bus.<<

>>Deswegen ruf ich an. Wir brauchen für die Ummeldung eine VDE Abnahme. Du hast nicht zufällig Lust mal auf ein Bierchen vorbeizukommen und dir das anzuschauen?<<

>>Auf ein Bierchen? Gerne. Ich komm morgen mal rum.<<

>>Spitze, danke bis morgen.<<

6 Der Kritiker

> Darf ich euch mal einen Tipp geben?>>, fragte uns ein Typ, den wir schon vom Sehen her kannten. Er schlawänzelte seit Beginn der Umbauarbeiten immer mal wieder um den Bus herum, traute sich aber nie etwas zu sagen. Wir nannten ihn den Kritiker. Maja und ich standen gerade auf unserem provisorisch, aus zwei Leitern und einer Holzbohle zusammen gebasteltem Gerüst und versuchten die Folie blasenfrei auf die Scheiben zu kleben.

> Tipps sind immer gut...<<, entgegnete ich mit genervt, ironischem Unterton.

> Ihr müsst die Scheiben nass machen.<<

Was ein Geistesblitz. Die zwei Sprühflaschen, die neben uns auf dem Gerüst standen musste der Kritiker wohl übersehen haben. Daß die Scheibe vor ein paar Sekunden noch triefend nass war dann wohl auch. Nur die Sonne, die heute wie im Hochsommer schien und das Wasser binnen Sekunden trocknete wohl nicht.

>>So schlau waren wir auch.<< Ich hielt eine der Sprühflaschen hoch.

>>Habt ihr denn auch einen Rakel?<< Der Kritiker kam heute richtig ins Plaudern.

>>Ne, aber der tut es auch...<<, sagte Maja und hielt ihm ihren Eiskratzer unter die Nase.

>>Ja, da braucht man Übung<<, so der Kritiker weiter.

>>Ich spring dem gleich ins Gesicht<<, flüsterte mir Maja ins Ohr.

>>Hast du zufällig noch ein paar Rakel?<<, fragte ich ihn.

>>Klar. Jede Menge<<, gab er an, reagierte aber sonst weiter nicht. Ich starrte ihn auffordernd an.

>>Achso, soll ich die holen?<<

>>Das wäre großartig<<, gab Maja ihm, übertrieben freundlich zu verstehen.

>>Dann mach ich mich auf den Weg.
Sonst noch was?<<

>>Rakel sind mehr als genug!<<, meinte ich und sah ihm hinterher. Als er außer Hörweite war flüsterte Maja:

>>Der ging mir ja schon schweigend auf den Keks. Aber wenn der den Mund aufmacht ist der noch viel schlimmer. Hoffentlich wohnt der nicht zu nah, damit wir fertig sind, wenn der zurück kommt.<<

Wir machten uns wieder an die Arbeit. Es waren nur noch drei von sieben Scheiben zu bekleben.

Wir waren gerade bei der vorletzten Scheibe, als der Kritiker zurückkam:

>>Hier, ich hab die Rakel gefunden. Soll ich euch zeigen, wie die funktionieren?<<

>>Später vielleicht<<, rief ihm Maja ein wenig zu laut vom Gerüst zu. Sie kämpfte gerade mit zwei ekeligen Luftblasen unter der Folie.

>>Aber dann seid ihr ja schon fertig<<, sagte der Kritiker ein wenig enttäuscht.

>>Die letzte Scheibe machen wir mit deinem Rakel, versprochen<<, erklärte Maja ihm, als würde sie mit einem dreijährigen Kind auf dem Spielplatz sprechen, daß auch mal das Förmchen haben wollte.

>>Super!<<, entgegenete der Kritiker und freute sich wie ein dreijähriges Kind auf dem Spielplatz, das auch mal

das Förmchen haben durfte.

Wenigstens sagte er vorerst nichts. Maja kämpfte weiter mit den Luftblasen und ihre Laune wurde nicht besser, als Robert um die Ecke kam:

>>Das sieht ja richtig gut aus. Folieren habt ihr drauf, oder?!<<, meinte mein Onkel völlig ernst.

>>Hi Robert. Falsches Thema<<, begrüßte ich ihn.

>>Oh ich seh schon. Luftblasen...<<, sagte er amüsiert.

>>Jetzt frag nicht, ob du helfen kannst...<<, unterbrach ihn Maja mit leicht rotem Kopf.

>>Hab verstanden!<<, erkannte Robert, während sein Blick zwischen Maja, die die Augen verdrehte und dem Kritiker, der sich immer noch auf die Förmchen zu freuen schien, wechselte. Er ergänzte:

>>Ich seh mir am Besten mal die Installation an.<<

>>Gute Idee<<, sagte ich und wandte mich an Maja:

>>Kann ich dich mit dem Scheibenexperten kurz alleine lassen, oder muß ich mir Sorgen um seine Gesundheit machen?<<

>>Geh mal. Die Blasen sind so gut wie weg.<< Und

tatsächlich hatte es Maja geschafft die Blasen bis zum Ende der Scheibe zu schieben. Und das ganz ohne professionellen Rakel.

Ich stieg vom Gerüst, um Robert auf der anderen Seite des Busses die Elektroinstallation zu zeigen.

Robert kontrollierte mit seinem Messgerät die Spannungen und Sicherungen.

>>Scheint alles okay zu sein. Ich mach euch nur noch einen neuen Automatenkasten rein. Bei dem hier ist ja der Deckel abgerissen.<<

>>Wie du meinst.<<

>>Ich fahr kurz zum Großhändler. Ihr seid ja gleich noch hier, oder?<<

>>Wir schon. Der hoffentlich nicht!<< Ich nickte grinsend in Richtung des Kritikers. Robert setzte sich in seinen Transporter und fuhr los. Ich atmete tief ein und ging zurück auf die andere Busseite. Zu meinem Erstaunen war der Kritiker zu Maja auf das Gerüst gestiegen und erklärte ihr mit Händen und Füßen, wie er die Scheiben bekleben würde. Maja war nicht so amüsiert, wie ich. Ich mußte sie retten.

>>Wir müssen ja noch das Gerüst umstellen. Und bevor wir die letzte Scheibe folieren, trinken wir erstmal einen Kaffee, was haltet ihr davon?<<

>>Ich trink keinen Kaffee<<, sagte der Kritiker.

>>Wir aber schon!<< Maja sprang vom Gerüst und zog mich hinter sich in unser Haus.

>>Ich schrei gleich!<<, sagte sie zu mir, als ich zwei Becher mit Kaffee füllte.

Nach zehn Minuten gingen wir zurück zum Bus. Der Kritiker hatte bereits das Gerüst umgestellt und war gerade dabei, die letzte Scheibe zu bekleben. Leider die Falsche.

>>SOFORT RUNTER!<<, brüllte Maja ihn an. Der Kritiker zuckte kurz zusammen. Dann kletterte er aber seelenruhig vom Gerüst, packte seine Rakel ein und stieg auf sein Fahrrad. Im Wegfahren sagte er nur:

>>Bitte, wenn meine Hilfe nicht erwünscht ist...<<, und fuhr beleidigt davon.

Als er nicht mehr zusehen war, fingen wir beide lauthals an zu lachen.

>>Was ist denn mit euch los?<<, fragte Robert, der plötzlich hinter uns stand. Wir hatten ihn garnicht kommen hören.

>>Wir haben einfach gute Laune<<, meinte Maja.

>>Ich frag nicht weiter nach.<< Verwirrt begann Robert mit dem Einbau des mitgebrachten Sicherungskasten. Maja und ich folierten die letzte Scheibe – ohne eine einzige Luftblase.

7 Wiegen

>>Lambrecht! Ich habe Sie nicht vergessen.<<

Bis auf die Wiegekarte hatten wir soweit alles zusammen. Robert hatte uns am Morgen die fertige Bescheinigung in den Briefkasten geworfen. Nur Herr Lambrecht hatte noch nicht zurück gerufen, obwohl unser Telefonat schon drei Tage zurück lag. Die Zeit drängte. Wir hatten alle Termine beim Straßenverkehrsamt verstreichen lassen müssen, bis auf einen. Und der war am Freitag. Heute war Montag. Also versuchte ich es erneut auf seinem Handy:

>>Das ist schön.<< Im Hintergrund waren, wie beim letzten mal Fahrgeräusche zu hören. Ich schilderte Herrn Lambrecht nochmals ausführlich unsere Situation.

>>Ich bin leider schon wieder unterwegs. Ich schwöre, ich rufe Sie ab fünzehn Uhr zurück<<, beteuerte er.

>>Wir haben hier fünf Kinder, die nächste Woche in den Urlaub wollen. Lassen Sie uns nicht hängen.<<

>>Versprochen. Bis heute nachmittag.<<

>>Sein Wort in Gottes Ohr!<<, sagte ich zu Maja, nachdem ich ihr von dem Gespräch berichtet hatte.

>>Der ruft schon an. Und bevor wir Däumchen drehen, fahren wir jetzt einfach zum Wiegen.<<

Ein wenig aufgeregt waren wir schon. Der Bus stand jetzt seit fast drei Monaten vor unserem Haus. Wir hatten den Motor zwar zwischendurch ein paar mal gestartet, aber bewegt wurde er seither nicht.

>>Dann hol mal den Kindersitz aus dem Auto. Ich sichere schon mal alle losen Teile.<< Maja holte Willis Kindersitz aus dem Mercedes, während ich die Schubladen- und Schranktürsicherungen aktivierte und

alles verstaute, was beim Fahren durch den Bus fliegen könnte. Dabei hoffte ich, daß unser Umbau auch für die Fahrt stabil genug war.

Als Maja Willi angeschnallt und es sich neben ihm auf der Beifahrersitzbank bequem gemacht hatte, nahm ich das Mikrofon der Bus Lautsprecheranlage zur Hand und verkündete:

>>Meine Damen und Herren: Heute ist ein guter Tag, um einen Bus zu wiegen!<<

Maja jaulte und klatschte übertrieben in die Hände, während ich den Startknopf drückte und die acht Zylinder anfingen zu schnurren. Im Rückspiegel konnte ich sehen, wie sich die erste große Abgaswolke verzog. Es dauerte ein paar Minuten, bis der Kompressor den nötigen Luftdruck aufgebaut hatte, um die Federspeicherbremse zu lösen. Gleichzeitig schlossen sich die beiden Türen, wie von Geisterhand.

Ich legte den ersten Gang ein und ließ die Kupplung mit leichtem Gasgeben kommen. Der Bus rollte los bis zum Ende unserer Strasse. Hier war ein größerer Parkplatz, auf dem wir in drei Zügen wenden konnten. Als wir wieder an unserem Haus vorbei fuhren, stand Tom mit erhobenen Daumen auf der Straße. Ich hielt kurz an, öffnete mein Seitenfenster und rief ihm zu:

>>Wir fahren zum Wiegen. Kannst du die Straße freihalten?<<

>>Klar. Gute Fahrt!<<

Auf dem Weg zum Werkstoffhof mussten wir noch tanken. Wir hielten an der einzigen Tankstelle, an der wir vorbei kamen. Eigentlich war diese hauptsächlich für Autos gedacht, da sie am Rande eines Supermarktparkplatzes lag. Als wir Richtung Zapfsäule rollten bemerkte ich, daß das Dach recht niedrig war. Ich bremste kurz davor, als der Tankwart wild gestikulierend aus seinem Häuschen kam.

>>Am Besten steige ich aus und kontrolliere, ob das passt<<, schlug Maja vor. Ich öffnete ihr die Tür. Sie und der Tankwart gingen einmal um den Bus und signalisierten mir, daß ich weiterfahren kann.

>>Auch hinten, wo die Solaranlage montiert ist?<<, hakte

ich nach und Maja antwortete:

>>Ist zwar knapp, aber passt.<<

Langsam fuhr ich weiter. Als ich ausgestiegen war und den Zapfhahn in den Tank steckte, hatten sich schon eine handvoll Menschen um den Bus versammelt.

>>Ist der als Wohnmobil umgebaut?<<, fragte mich ein Mann mittleren Alters.

>>Jo. Gerade fertig.<<

>>Und jetzt geht ihr auf Weltreise?<<

>>Fast. Erstmal nur zum Wiegen. Aber irgendwann bestimmt.<<

>>Beneidenswert. Dann mal gute Fahrt.<<

Maja bezahlte und stieg wieder ein. Als wir die Tankstelle verließen ernteten wir weitere bewundernde Blicke.

>>Wird Zeit, daß wir die Hupe ausprobieren!<< Ich trat auf den Fußschalter der „bösen" Hupe, die garnicht so böse klang. Die umherstehenden Menschen klatschten und winkten uns zu.

>>Verrückt. Und wir waren nur Tanken<<, sagte ich während Maja und ich zurück winkten. Selbst Willi hielt seine Hand hoch und bewegte sie, wie die Queen von England.

Auf der Landstraße war wenig Verkehr. Wir hatten Reisegeschwindigkeit erreicht, als ich Maja bat durch den Bus zu gehen, um die Stabilität unseres Umbaus zu überprüfen. Nach wenigen Minuten kam sie freude-strahlend wieder nach vorne.

>>Mann, der ist echt lang.<<

>>Und. Alles fest.<<

>>Kein einziges Geräusch zu hören. Sehr solide gebaut<<, sagte sie. Mir viel das Schild in der Mittelkonsole auf.

>>Hallo! Während der Fahrt nicht mit dem Fahrer sprechen!<<, ermahnte ich sie und zeigte auf das Schild

>>Und was ist mit Küssen während der Fahrt?<<, fragte sie und gab mir eine Kuss auf die Stirn.

>>Das ist erlaubt.<<

Der Parkplatz des Werkstoffhofs war fast leer, sodaß wir

uns längst auf vier PKW Parkplätze stellen konnten. Maja stieg aus, um uns im Büro anzumelden. Nach wenigen Minuten kam sie zurück und erklärte mir, daß ich um das Gebäude herum fahren sollte. Auf der anderen Seite stellten wir den Bus auf der, circa zwanzig Meter großen Wiegefläche ab und stiegen aus. Der Waagemeister kassierte die Gebühr und überreichte mir den Wiegeschein.

>>Das Leergewicht ist fast genau so hoch, wie das Alte ohne Umbau, aber mit Sitzen<<, rief ich Maja zu, die mit Willi vor dem Bus wartete.

>>Aha...<<, meinte sie nur.

>>Das heißt wir können fast vier Tonnen zuladen. Damit hab ich nicht gerechnet<<, erklärte ich.

>>Ist das viel?<<

>>Das ist fantastisch. Bei unserem alten Wohnmobil hatten wir eine Tonne Zuladung und das war schon viel!<<

>>Wenn du das sagst!<<

Während der Rückfahrt schaltete ich das Radio ein. Das Wetter war passend zur Stimmung, wunderschön. Man konnte die bevorstehenden Abenteuer mit dem Bus förmlich spüren.

8 Tag der Wahrheit

>>Kommst du da durch?<<, fragte mich Maja, als wir auf den Hof der KFZ-Prüfstelle fuhren.
>>Ich hoffe! Aber wo die Feuerwehr lang muss, passen wir auch durch...!<<, so meine Antwort.
Herr Lambrecht hatte tatsächlich nachmittags zurückgerufen. Wir hatten fast zwanzig Minuten telefoniert mit dem Ergebnis, daß er uns für Mittwoch nachmittag, kurz vor Feierabend einen Termin in seiner Prüfstelle gegeben hatte. Jetzt rollten wir vor das große Tor mit der Eins darauf. Ein älterer Mann mit Halbglatze und grünem Kittel kam zu unserem Bus.

>>Kann ich Ihnen helfen? Wir haben eigentlich schon geschlossen<<, teilte er uns mit, als ich die Seitenscheibe herunter ließ.

>>Wir haben einen Termin bei Herrn Lambrecht<<, erklärte ich.

>>Jetzt noch? Ich glaube der ist gar nicht im Haus.<< Er wirkte verunsichert.

>>Wir sind auch zu früh.<<

>>Zu früh?!>> Jetzt war er vollends verwirrt.

>>Er hat uns einen Sondertermin nach seinem Außentermin gegeben. Er hat gesagt, wir sollen vor Tor Eins warten. Er käme auf jeden Fall. Aber eventuell etwas später.>>

>>Das überprüfe ich. Warten sie hier.<<

>>Das haben wir vor.<<

Er ging mit großen Schritten zurück in das Gebäude. Keine fünf Minuten später kam er selbstsicher wieder und fing schon auf halben Wege an zu lamentieren:

>>Sie müssen das Gelände jetzt sofort verlassen. Herr Lambrecht ist nicht zu erreichen und sonst weiß hier auch niemand irgend etwas von einem Sondertermin.<<

>>Wir stören doch hier nicht, oder?<<

>>Darum geht es nicht. Ich bin hier der Hausmeister und

mache jeden Mittwoch um siebzehn Uhr die Tore zu. Das war schon immer so.<<

>>Aber da hindert Sie doch niemand dran. Wir kommen hier schon irgendwie wieder raus.<< Jetzt wirkte er ein wenig verunsichert.

>>Ja... aber...wenn das jeder machen würde....!<<

In diesem Moment kam ein VW Passat mit der Aufschrift des Prüfvereins auf den Hof gefahren und parkte hinter uns. Ein etwas abgehetzter, aber freundlich wirkender Mann stieg aus und kam auf uns zu. Er war nicht viel älter als ich.

>>Herr Lambrecht?!<<, sagte der Platzwart unsicher.

>>Herr Kleinbrot. Die Tore sind ja noch offen<<, erwiderte Herr Lambrecht amüsiert.

>>Ich wußte...nicht...also....der Bus....<<

>>Lassen Sie es gut sein. Ich kümmere mich um die Tore, wenn ich diesen Termin hier abgeschlossen habe<<, wurde der Platzwart von Herrn Lambrecht unterbrochen.

>>Wie Sie meinen. Dann kann ich ja jetzt gehen.<<

Kopfschüttelnd und leise fluchend verließ Herr Kleinbrot

das Szenario.

>>Hallo zusammen. Entschuldigen Sie meine Verspätung,<< wandte sich Herr Lambrecht jetzt an uns.

>>Hallo. Kein Problem. Wir sind froh, daß es so spontan geklappt hat.<< Wir verließen den Bus durch die vordere Seitentür und gaben Herrn Lambrecht die Hand.

>>Da ist ja das gute Stück.<< Er deutete auf den Bus und sagte weiter:

>>Ich hol eben einen Kaffee und zieh mir meinen Kittel über. Wollen Sie auch einen?<<

>>Kittel?<<, fragte ich grinsend.

>>Den kann ich Ihnen auch mitbringen. Aber ich meinte eigentlich einen Kaffee.<<

>>Gerne.<<

>>Dann folgen Sie mir.<<

Wir gingen zusammen durch die Tür in den Eingangsbereich der Prüfstelle. Herr Lambrecht zeigte uns die Kaffeemaschine und verschwand in einem Raum hinter dem Empfangstresen.

Maja setzte sich mit Willi auf eines von zwei Sofas, während ich drei Becher Kaffee mit dem hoch modernen

Kaffeeautomaten zubereitete.

Als Herr Lambrecht zurück kam reichte ich ihm einen.

>>Dann legen wir am besten direkt los<<, schlug er vor und ging voraus durch die Tür.

>>Ich bau mir gerade auch ein Wohnmobil um. Für Touren mit den Jungens. Einen alten Hymer<<, erzählte er im Laufen.

>>Ach cool. Da wissen Sie ja, was wir für Arbeit mit dem Umbau hatten<<, sagte Maja.

>>Oh ja. Aber macht ja auch Spaß.<<

Wir erreichten den Bus und Herr Lambrecht begann mit seiner Inspektion. Er kontrollierte die Wiegekarte und die VDE-Bescheinigung.

>>Sieht ja alles gut aus. Eine Kochmöglichkeit ist vorhanden. Schlafmöglichkeiten auch. Eine Sitzmöglichkeit ist hier<<, er deutete auf den Tisch.

>>Wieviel Sitze haben wir?<< Er zählte die Sitzreihen und sagte dann:

>>Acht plus Fahrer. Jetzt kontrolliere ich noch die Gurte.<< Jeder Sitz in Fahrtrichtung hatte einen Beckengurt. Auch der Fahrersitz.

>>Oh.<< Jetzt stutzte Herr Lambrecht.

>>Der Fahrersitz hat auch nur einen Beckengurt.<<

>>Ja, der war halt so drin.<< ich bekam ein ungutes Gefühl.

>>Ich bin mir nicht ganz sicher, aber für die Umschlüsselung brauchen Sie mindestens einen Dreipunktgurt. Ich schau aber gleich nochmal genau nach. Jetzt gucken wir erstmal von draußen.<<

Er begutachtete erst die Scheibenfolie und dann den Dachgepäckträger mit den Solarpanelen.

>>Das wars<<, meinte er abschließend und fügte hinzu:

>>Ich mach die Papiere fertig. Ich hoffe nur, daß das mit dem Gurt klappt.<< Er verschwand in seinem Büro. Ich schaute zu Maja und sagte:

>>Da können wir ja vorsichtig optimistisch sein!<< Unerträglich lange fünfzehn Minuten dauerte es, bis er wieder zurück kam.

>>So! Ich hab jetzt alles soweit fertig. Das Problem ist tasächlich der Gurt. Da muß mindestens ein Dreipunktgurt rein.<< Er zeigte uns den Ausdruck mit der Verordnung.

>>Und jetzt?<<

>>Gute Frage. Wann müsst ihr beim Straßenverkehrsamt

sein?<<, fragte er und wurde uns immer sympatischer, nicht nur weil er uns zwischendurch dutzte.

>>Freitag um halb elf<<, antwortete ich. Er kratzte sich am Kinn und meinte schließlich:

>>Dann machen wir das so: Freitag morgen muß ich um sieben Uhr dreißig zu einem Außentermin. Wenn ihr um sieben hier seid, schau ich mir den Gurt an. Der Rest ist ja fertig. Dann dauert das vielleicht eine viertel Stunde.<<

>>Ich muß zwar arbeiten, aber das bekomm ich hin!<<

>>Alles klar. Dann bis Freitag. Und am Besten die Gebühr in bar mitbringen, dann müssen wir nicht noch das EC Terminal hochfahren.<<

Wir verabschiedeten uns und fuhren mit gemischten Gefühlen nach Hause.

9 Gurter Rat ist teuer

Als erstes suchte ich im Internet nach passenden Gurten. Die gab es, sogar günstig, jedoch leider nicht rechtzeitig geliefert. Also mussten wir die Suche auf den nächsten Tag verschieben, da alle potenziellen Gurthändler schon geschlossen hatten.

Am nächsten Morgen rief ich direkt bei den nahliegenden KFZ-Teile Händlern an. Dort wurde ich leider vertröstet. Niemand hatte etwas passendes auf Lager. Langsam wurde ich nervös.

Dann fiel mir Tom ein. Er hatte einen alten Käfer und schraubte auch gerne an diversen Autos herum.

>>Ich geh kurz zu Tom und frag den, ob er eine Idee hat<<, sagte ich zu Maja und ging zu meinem Nachbarn herüber. Sein Garagentor stand offen. Er schraubte an seinem Fahrrad, als ich ihn begrüßte:

>>Hi, Nachbar!<<

>>Henry, alles fit? Wie wars beim Wiegen?<< Ich berichtete ihm von unserem Wiegeausflug und von den Ummeldeproblemen.

>>Also einen Gurt hab ich nicht. Du kannst aber zum Schmitz fahren, der hat alles.<<

>>Schmitz?<<, fragte ich nach.

>>Autoverwertung Nord heißt der offiziell. Der ist hinten im Hafen<<, erklärte mir Tom.

Ich suchte im Internet nach der Telefonnummer:

>>Autoverwertung Nord, Schmitz, guten Tag!<<

>>Hallo, Klunker hier. Ich habe ein Problem...<< Ich erklärte Herrn Schmitz unser Dilemma.

>>Da muß ich nachschauen. Aber helfen kann ich euch bestimmt. Kommt einfach vorbei.<<

>>Dann machen wir uns direkt auf den Weg!<<

Eine halbe Stunde später rollte unser Mercedes mit Maja, Willi und mir durch das Tor der Autoverwertung.

Das Gelände war in zwei Bereiche unterteilt. Der eine Teil bestand aus einer Halle, die etwa so groß war wie zwei Fußballfelder. Der andere, etwa doppelt so große Teil, war nicht überdacht und übersät mit Autos in den verschiedensten Verwertungsstadien. Vielen der Fahrzeuge, deren Baujahre von vor fünf Jahren bis in die sechziger Jahre zurück gingen, waren bis auf das Blechgerippe ausgeschlachtet worden. Vor dem offenen Tor der Halle stand eine junge Frau und hielt ein Baby auf dem Arm.

>>Hallo<<, flüsterte sie und gab uns zu verstehen, daß das Baby schlief.

>>Hallo!<<, antwortete Maja so leise wie möglich.

>>Der ist gerade eingeschlafen. Warten sie, ich leg den kurz in den Kinderwagen, dann bin ich für Sie da.<< So vorsichtig es eben ging legte die Frau das Kind in den vor ihr stehenden Kinderwagen, deckte es zu und schob es in den hinteren Bereich der Halle.

>>So, nochmal Hallo. Ich bin Tina...Schmitz.<< Sie streckte uns die Hand entgegen.

>>Der ist aber noch nicht lange auf der Welt<<, sagte ich während ich ihr die Hand schüttelte.

>>Vier Wochen.<<

>>Das ist ja noch ganz frisch<<, sagte Maja und zu Willi gewannt:

>>Mit dem kannst du noch nicht viel anfangen.<<

>>Da müßt ihr in ein paar Monaten nochmal wieder-kommen. Dann könnt ihr hier um die Wette krabbeln.<< Sie gab auch Willi die Hand, der sie mit großen Augen anstrahlte.

>>Also, warum seid ihr hier?<<, fragte sie schließlich.

Ich erklärte ihr die Situation, rund um den Anschnallgurt und daß ich vorhin angerufen hatte.

>>Da hast du bestimmt mit meinem Vater gesprochen. Der mußte aber nochmal kurz los. Ich denke in spätestens einer halben Stunde ist der wieder da. Ihr könnt euch schonmal umsehen, ob ihr was findet.<<

>>Mach du mal, ich weiß sowieso nicht, was wir brauchen<<, beauftragte mich Maja.

>>Kaffee?<<, fragte Tina Schmitz Maja.

>>Sehr gerne<<, antwortet diese und die zwei Frauen verschwanden in der Halle.

Ich machte mich auf die Suche nach einem passenden Gurt. Das war nicht so einfach, da die Autowracks so eng aneinander standen, daß ich teilweise über Motorhauben und Kofferraumdeckel klettern mußte. Schnell erkannte ich mein Problem. Bei den meisten Modellen, war entweder gar kein Gurt mehr vorhanden, oder dieser war innenliegend, unter der Verkleidung verbaut. Hinzu kam, daß man nur schwer in die Fahrzeuge hinein kam. Nach ungefähr einer halben Stunde wurde ich dann doch bei einem alten Peugeot fündig. Hier war der Gurt noch gut in Schuß und auch das Gurtschloss funktionierte. Ich kletterte zurück zur Halle als ein VW-Käfer in Neuzustand auf den Hof fuhr.

>>Du bist bestimmt der mit dem Gurt!?<<, sagte der Fahrer.

>>Ganz genau. Dann müssen Sie Herr Schmitz sein. Ich heiße Henry.<<

>>Herr Schmitz war mein Vater ich bin Karl. Schönes Auto.<< Er deutete auf den Mercedes.

>>Ja, wir sind zufrieden.<<

>>Wo ist den Tina, meine Tochter?<<

>>In der Halle mit meiner Freundin und unserem Sohn. Dein Enkel schläft im Kinderwagen<<, klärte ich ihn auf.

>>Dann trinken wir jetzt erstmal einen Kaffee und du erzählst mir mal von eurem Bus.<<

Fast eine Stunde quatschten wir über die Welt der Automobile. Dabei stellte sich heraus, daß Karl nicht nur Ahnung von Autos hatte sondern diese lebte.

>>Hinten in der Ecke müsste noch ein Gurt in einem der Peugeots sein. Die sind noch außen verbaut.<<

>>Erstaunlich. Den hab ich gefunden und wollte den schon ausbauen. Habt ihr Werkzeug hier.<<

>>Komm mit!<<

Neben dem Kinderwagen, indem sein Enkel immer noch schlief, stand ein Werkzeugwagen.

Flüsternt sagte er zu mir:

>>Nimm dir raus, was du brauchst. Aber schön wieder zurücklegen.<<

Ich nahm mir eine Ratschenschlüssel mit Verlängerung und einer handvoll Steckschlüsseln heraus, bei denen ich hoffte, daß einer passte.

Zurück in den Peugeot geklettert entfernte ich zuerst die obere Führung des Gurtes und dann die untere Rolle. Dann machte ich mich an das Gurtschloss. Leider war die Befestigungsschraube so angerostet, daß sie sich keinen Millimeter lösen ließ. Ich änderte mehrmals meine Sitzposition um die Hebelwirkung besser nutzen zu können, doch das half auch nicht. Nach einer halben Stunde hörte ich Maja von der Halle aus rufen:

>>Bist du darin eingeschlafen? Der Willi hat so langsam Hunger und seine Flasche ist leer.<<

Ich kletterte zurück und fragte Karl, ob er noch ein anderes Gurtschloss hätte.

>>Hinten unter dem Strich Acht ist noch ein Peugeot. Aber ob du da ran kommst...?<<

>>Ich versuch mal mein Glück.<<

Diesmal kletterte ich auf der anderen Seite des Platzes über die verschiedenen Modelle. Der Mercedes W114 war kaum als dieser zu erkennen. Anstatt einer Lackierung, war der Benz überzogen mit einer Rostschicht. Er sah aus, als würde ihn Mad Max jeden Moment abholen, um damit die letzten Benzinreserven der Erde aufzutreiben. Nur die Reifen fehlten.

Der Peugeot darunter war nur noch an seinem Kühlerlogo zu erkennen. Das Dach war zur Hälfte eingedrückt und die hintere Türe auf der Fahrerseite fehlte. Hier versuchte ich mein Glück. Mit geduckter Haltung, bei der ein Hexenschuß vorprogrammiert war, quälte ich mich auf die Sitzbank. Ich kam so gerade an die Befestigungsschraube des Fahrer-Gurtschlosses. Dies ließ sich zur Freude meines Rückens mühelos lösen.

>>Ich habs!<<, jubelte ich so laut, daß Maja mich hören konnte.

>>Wird auch Zeit<<, antwortete sie.

Ich schälte mich zurück in die Freiheit und ging mit meinem Fund in die Halle. Karl feilschte gerade mit einem anderen Kunden über den Preis einer Auspuffanlage.

>>...entweder nimmst du den für den Preis mit, oder der bleibt hier. Ich verschenk hier nix<<, hörte ich Karl, beim Betreten des Büros, sagen.

>>Halsabschneider!<<, sagte der etwas gereizte Kunde. Doch Karl ignorierte ihn von nun an und strahlte mich an.

>>Da bist du ja fündig geworden.<<
>>Was willst du denn dafür haben?<<, fragte ich.

>>Pass auf. Ich häng noch an den Peugeots. Du schreibst mir jetzt deine Nummer auf und falls ich die Autos nochmal herrichte und dann den Gurt brauche, ruf

ich dich an und ihr bringt mir den zurück. Solange ist der bei euch gut aufgehoben.<<

>>Du willst jetzt nichts dafür haben?<<, fragte ich erstaunt.

>>Netten Leuten kann man auch mal eine Freude machen<<, erwiderte er augenzwinkernt so laut, daß der andere Kunde es hören mußte. Er fügt hinzu:

>>Dann schickt ihr uns aber eine Karte aus dem Urlaub!<<

>>Ehrensache!<<

Ich legte die Werkzeuge zurück an ihren Platz und ging zu Tina Schmitz, die ihr inzwischen wachgewordenes Kind auf dem Arm hielt und sich angeregt mit Maja unterhielt.

>>Seid ihr euch einig geworden?<<, fragte sie mich.

>>Mehr als das. Vielen Dank. Ihr habt uns sehr geholfen. Jetzt müssen wir aber los. Ich muß den Gurt ja auch noch einbauen.<<

>>Und Willi hat wirklich Hunger<<, ergänzte Maja.

Mittlerweile war es früher nachmittag geworden, als wir zuhause ankamen. Eigentlich genügend Zeit, um den Gurt einzubauen. Wenn nicht mein Telefon geklingelt hätte:

>>Ich höre!<<, begrüßte ich den Anrufer.

>>Lambrecht. Hallo.<< Das bedeutete nichts Gutes, dachte ich.

>>Herr Lambrecht. Was kann ich für Sie tun.<<

>>Ich hab nochmal genau nachgelesen. Es geht um die Solaranlage. Falls ihr die H-Zulassung behalten wollt, muss die runter. Ich muß morgen früh Fotos machen und da darf die nicht zu sehen sein. Das könnte sonst im Nachhinein Ärger geben.<<

>>Und wenn wir die abmontieren behalten wir die H-Zulassung?<<, fragte ich ungläubig.

>>Dann ja. Klar!<<, bestätigte er und fügte hinzu:

>>Was danach wieder montiert wird, ist dann eure Sache.<<

>>Dann machen wir das. Bis morgen früh!<<

Mit offenem Mund starrte ich Maja an.

>>Was ist?<<, fragte sie.

>>Wir behalten das H!<<

>>Wie? Echt?<<

Ich berichtete ihr von dem Gespräch mit Herrn Lambrecht. Danach stieß sie einen Freudenschrei aus.

Daß wir nicht im Kreis tanzten, war alles.

Durch unseren Jubel angezogen stand plötzlich Tom neben uns.

>>Was ist denn hier los. Habt ihr im Lotto gewonnen?>>

>>So ähnlich...<< Ich berichtete ihm von unserem bisherigen Tag.

>>Ja dann herzlichen Glückwunsch.<<

>>Noch ist nichts entschieden. Aber wir können uns vorsichtig freuen. Hast du heute noch was vor?<<, fragte ich meinen Nachbarn.

>>Rasenmähen. Wieso?<<

>>Das kann warten. Du mußt mir helfen.<<

>>Sehr gerne!<<

Die Aufgaben waren schnell verteilt. Tom sollte den Gurt einbauen und ich demontierte die Solarpanelen vom

Dach des Busses. Mein Sohn Paul nahm sie am Boden an und brachte sie in die Garage. Als wir fast fertig waren hörten wir Tom im Inneren des Busses rufen:

>>Henry! Der Passt nicht!<<

Ich stieg die Leiter herab und betrat den Bus.

>>Was passt nicht.<<
>>Der Gurt passt nicht ins Schloss.<<

Tom hatte die Führungsrolle an die Säule des Busses montiert.
>>Ich hab extra ein Gewinde geschnitten<<, erklärte er.
>>Spitze. Ich sag ja, es lohnt sich immer einen Dreher als Nachbarn zu haben.<<

Tom hatte sein Leben lang im Metallbau gearbeitet. Dadurch hatte er auch jede Menge professionelles Werkzeug.

>>Die andere Führung ist hier am Sitz befestigt und das

Gurtschloss auf der anderen Seite.<<

Alles war solide verschraubt und sah gut aus.

Jetzt setzte sich Tom auf den Sitz und demonstrierte mir den Anschnallvorgang. Beim einstecken des Gurtes in das Schloß zeigte sich, daß beides tatsächlich nicht zusammen passte. Jetzt fiel mir auf, daß ich das ausgebaute Gurtschloss nicht auf die Kompatiblität mit dem Gurt des anderen Peugeot überprüft hatte.

>>Ich Hornochse. Ich hab das in der Eile überhaupt nicht ausprobiert.<<

>>Was hast du nicht ausprobiert?<<, fragte Maja, die gerade dazugestoßen war.

Ich erklärte ihr mein Mißgeschick.

>>Wir haben doch noch den alten Gurt<<, stellte sie fest.

>>Ja, hier<<, sagte ich und hielt den ausgebauten Beckengurt hoch.

>>Da schneiden wir den Schnapper raus und ich nähe den bei dem neuen Gurt dran. Dann baut ihr das

Beckengurtschloß ein und fertig.<<

>>Hervorragende Idee.<< Ich gab ihr den Beckengurt. Tom schraubte die Rolle wieder ab und gab sie Maja dazu. Die ging mit beidem ins Haus. Zwanzig Minuten später kam sie zurück. Sie hatte alles mit ihrer Nähmaschine nahezu professionell vernäht. Nachdem Tom alles wieder verschraubt hatte, setzte ich mich auf den Fahrersitz und war nun der erste, der sich in diesem Bus mit einem Drei-Punkt-Gurt anschnallte. Das Klicken des Gurtschloßes war Musik in unseren Ohren!

10 Da ist das Ding

>>Einen schönen guten Morgen!<<, sagte ich überfreundlich zu Herrn Kleinbrot, der gerade dabei war das Tor zu öffnen. Pünktlich um viertel vor sieben war ich mit unserem Bus an der Prüfstelle angekommen.
>>Morgen...<<, grumelte er als Antwort.
>>Herr Lambrecht hat mich informiert. Fahren sieh durch und halten Sie vor Tor zwei.<<
>>Jawoll!<< Ich startete den Motor und fuhr wie mir geheißen.

>>Pünktlich, wie die Maurer<<, sagte Herr Lambrecht, als er aus dem, sich gerade öffnenden Tor Zwei heraus trat. Und fügte hinzu:

>>Guten Morgen. Hat alles geklappt?<<

>>Ich hoffe doch, Morgen!<<

>>Dann schauen wir mal.<<

Er kontrollierte den frisch eingebauten Gurt, machte Fotos und stieg wieder aus dem Bus.

>>Dann mach ich nur noch Fotos vom Dach, und dann sollten wir alles haben.<<

Er holte eine Treppenleiter aus der Halle.

>>Kannst du die kurz festhalten, die wackelt ziemlich?<<, fragte er mich und ich freute mich, daß er mich erneut dutzte.

>>Kein Problem.<<

Er machte Fotos von allen Seiten und stieg wieder herab.

>>Dann gehen wir mal rein.<<

Ich folgte ihm in sein Büro, wo er die nötigen Informationen in seinen Computer tippte. Während er druckte überreichte ich ihm die abgezählte Gebühr in Bar.

>>So jetzt muß ich aber los. Ich wünsche einen schönen Urlaub und allzeit gute Fahrt!<<

>>Vielen Dank. Unsere Kinder werden es Ihnen danken. Wir schreiben eine Karte<<, verabschiedete ich mich bei ihm. Draußen stieg ich in den Bus, als ein neugierig wirkender Herr Kleinbrot um den Bus schlich.

>>Wollen Sie mal reinkommen?<<, fragte ich ihn.

>>Darf ich?<<

>>Gerne.<<

Herr Kleinbrot strahlte über beide Ohren.

>>Den haben Sie ja richtig schön ausgebaut. Beneidenswert. So ein Projekt wollte ich auch schon immer mal machen...<< Er kam richtig ins Schwärmen und hörte nicht mehr auf zu erzählen.

Geduldig hörte ich ihm zu und fand ihn garnicht mehr so unsympatisch. Als er alles gesehn hatte stieg er aus und wünschte mir auch einen schönen Urlaub. Der Bus verbindet, dachte ich und fuhr überglücklich mit unserem, frisch zum Wohnmobil mit H-Zulassung umgeschriebenen Bus nach Hause.

Zwei Stunden später, pünktlich um kurz vor halb elf, saß

ich im Wartebereich des Strassenverkehrsamtes. Da dieses neuerdings Termine im Internet vergab, betrug meine Wartezeit nur zehn Minuten. Früher konnte man hier schon einmal den ganzen Vormittag verbringen, bis man an der Reihe war.

Als ich aufgerufen wurde, überreichte ich dem Mann hinter dem Schalter meine Unterlagen und erklärte ihm mein Anliegen. Er studierte alles mit Argusaugen und wies mich anschließend an, die fällige Anmeldegebühr am Zahlautomaten zu begleichen. Mit der Quittung sollte ich ein Kennzeichen stanzen lassen und dann erneut im Wartebereich Platz nehmen, bis ich aufgerufen werden sollte. Die Kennzeichen waren schnell besorgt und so saß ich wieder auf meinem Warteplatz. Doch diesmal wurde ich nicht so schnell aufgerufen. Die Minuten vergingen und nach und nach wurden die anderen Wartenden um mich herum immer weniger, bis schlußendlich nur noch ich übrig war. Ein Blick auf die Uhr verriet mir, daß das Amt kurz vor der Mittagspause stand. Die ersten Bediensteten machten sich bereits auf den Weg zur Kantine. Ich war verwirrt und wollte gerade einen der Mitarbeiter ansprechen, als ich doch aufgerufen wurde:

>>Herr Klunker, bitte!<<

>>Das bin ich!<< Hinter dem Abholschalter saß ein junger Mann. Er wirkte so, als wäre er mitten in der Ausbildung, oder kurz danach.

>>Wir haben ein Problem.<<

>>Überraschung!<<, sagte ich mehr zu mir selber und fügte lauter hinzu:

>>Welches denn?<<

>>Ihr Bus ist jetzt ein Wohnmobil. Hat aber trotzdem Die historische Zulassung behalten. Das ist ungewöhnlich.<<

>>Ungewöhnlich vielleicht, aber Tatsache.<<

>>Genau dort liegt das Problem<<, sagte der Azubi etwas nervös.

>>Wir müssen uns rückversichern, daß das alles seine Richtigkeit hat. Und deswegen versuchen wir die Prüfstelle zu erreichen. Die haben aber wohl schon Mittagspause.<<

>>Und jetzt soll ich warten, bis diese vorbei ist?<<, fragte ich entgeistert.

>>Wohl oder Übel.<<

>>Das ist nicht euer Ernst.<<

>>Ich hab die Regeln auch nicht gemacht. Mir wurde nur aufgetragen, daß ich Ihnen dies mitteilen soll und dann in die Mittagspause gehen kann.<<

>>Holen Sie mir doch bitte mal jemanden, der sich damit auskennt<<, sagte ich mit langsam aufkommenden genervten Unterton.

>>Die sind alle schon zu Tisch.<<

>>Und wo ist der?<<

>>Wer?<<

>>Der Tisch!<<

>>Achso! Hier in der Kantine.<< Er deutete auf ein Schild, welches den Weg zur Kantine wies.

>>Dann machen wir jetzt mal mit Mittag<<, sagte ich und machte eine einladende Bewegung mit meiner Hand. Der Azubi folgte mir. In der Kantine saßen die meisten Menschen an den Tischen und aßen ihr Mittagessen. Vereinzelte standen noch in einer kurzen Schlange an der Essensausgabe. Der Azubi zeigte zu einem Tisch am Fenster und sagte:

>>Da sitzt Herr Schrot. Der hat mich geschickt.<< Ich

ging an den Tisch und sagte:

>>Mahlzeit die Herren.<< Unisono kam ein verschlucktes Mahlzeit zurück.

>>Ich will ja nicht stören, hätte aber gerne meine Zulassung<<, sagte ich freundlich.

>>Wir haben Mittagspause. Kommen Sie bitte um vierzehn Uhr wieder<<, sagte der Herr, der wohl Herr Schrot zu sein schien.

Ich holte mein Telefon aus der Tasche, wählte die Nummer von Herrn Lambrecht und stellte den Lautsprecher an.

>>Lambrecht! Hallo Herr Klunker. Hat alles geklappt beim Amt?<<, begrüßte uns mein Lieblingsprüfer.

>>Hallo Herr Lambrecht. Leider nein. Die Herren hier zu Tisch vermuten, daß Ihnen ein Fehler unterlaufen ist. Können Sie kurz bestätigen, daß die Ummeldung inklusive H-Zulassung rechtens ist?<<

>>Ist sie. Geben Sie mir mal den Zuständigen Sachbearbeiter.<< Ich stellte den Lautsprecher aus und gab Herrn Schrot, der völlig überrumpelt wirkte, sich aber nicht wehrte, mein Telefon.

>>Schrot<<, sagte dieser unsicher.

>>Ja....<<

>>Mhmm...<<

>>Okay!<<

>>Schönes Wochenende!<< Er gab mir das Telefon zurück und wies seinen Azubi an, mir die Kennzeichen samt aller Unterlagen auszuhändigen. Während ich mit dem Azubi zurück zum Schalter ging, bedankte ich mich bei Herrn Lambrecht und wünschte ihm ein schönes Wochenende.

>>Die Zeit hängst du dir aber hinten an deine Mittagspause ran<<, riet ich dem Azubi, nachdem er mir alles Nötige überreicht hatte.

Mit breiten Grinsen verließ ich das Amt und schickte Maja ein Foto des Kennzeichens mit der Überschrift: DA IST DAS DING!

11 Jungfernfahrt I

>>Yippiehhh!<< Freudestrahlend viel mir Maja um den

Hals, als ich durch die Haustüre trat.

Wir konnten unser Glück kaum fassen. Eine Woche vor Urlaubsbeginn hatten wir wirklich den Bus fertig umgebaut und umgemeldet.

>>Wir müssen eine Jungfernfahrt machen<<, schlug Maja vor.

>>Dann mal los. Ich muß nur die Kennzeichen anschrauben.<<

Während ich die Kennzeichen montierte und Maja den Kindern Bescheid sagte, daß wir eine Runde drehen wollen, kam Tom aus seinem Haus.

>>Oh, das sieht nach erfolgreicher Ummeldung aus<<, sagte er.

>>Das sieht nicht nur so aus. Willst du mitfahren, wir wollen eine Runde drehen?<<

>>Unbedingt!<< Und schon saß Tom auf der Beifahrerbank.

>>Da bekommst du gleich Ärger. Die Bank ist für Maja und Willi reserviert>>, warnte ich ihn.

Zwanzig Minuten später waren wir abfahrtsbereit. Alle Familienmitglieder inklusive beider Hunde hatten im Bus

Platz genommen. Maja hatte Tom auf einen der hinteren Plätze verbannt, als es an der gerade geschlossenen Vordertüre klopfte.

>>Oh nein, kuck mal wer noch mitfahren möchte<<, sagte Maja.

>>Wir können die Tür auch zu lassen...<<, erwiderte ich grinsend.

>>Ne, mach mal auf. Könnte ja lustig werden.<<

Ich drückte den Knopf zum Öffnen der Vordertüre und schon war er in voller Größe zu bestaunen:
Der Kritiker!
>>Immer herein, wir machen gerade unsere Jungfernfahrt. Da darfst du natürlich nicht fehlen.<< Ich machte eine einladende Handbewegung und der Kritiker stieg aufgeregt und mit roten Wangen ein.

>>Wo ist denn noch was frei?<<, fragte er stotternt.
>>Geh durch. Hinten sind genug Plätze<<, erklärte Maja.
>>Ich hoffe mit Anschnallgurt!<<, sagte er und setzte sich neben Tom.

Ich schloß die Türe und startete den Motor. Nachdem ich gedreht hatte fragte ich Maja, wo die Reise denn hingehen soll.

>>Wie wäre es, wenn wir Robert abholen? Der müsste jetzt zuhause sein<<, schlug sie vor.
>>Gute Idee.<<

Robert wohnte nicht weit von uns entfernt in einer Wohnsiedlung.
In seiner Straße angekommen schlängelten wir uns an, zur Verkehrsberuhigung aufgestellten Blumenkübeln und parkenden Autos vorbei, bis wir vor seinem Haus zum stehen kamen. Die Straße war jetzt erstmal dicht. Ich betätigte die „böse" Hupe, als Robert auch schon mit seiner Frau aus dem Haus kam.

>>Ihr seid bekloppt!<<, begrüßte er uns.
>>Alllleees eeiinsteeeiigeeen!<<, forderte ich die zwei nach alter Polarexpressmanier auf.
>>Das lassen wir uns nicht zweimal sagen<<, sagte Robert, nahm seine Frau bei der Hand und stieg zu uns

in den Bus.

>>Langsam wird es voll<<, meinte Maja.
>>Egal, zur Not kann man ja auch stehen. Und jetzt?<<
>>Fahr mal Richtung Innenstadt, ich hab eine Idee!<<

Ich fragte nicht weiter nach und tat, wie mir empfohlen. Als wir auf der Umgehungsstrasse Richtung Innenstadt fuhren nahm ich das Mikrofon zur Hand. Maja verdrehte die Augen als ich über die Lautsprecher sagte:

>>SEHR GEEHRTE FAHRGÄSTE. ICH HEIßE SIE ALLE RECHT HERZLICH AN BORD UNSERES NEUEN WOHNBUSSES WILLKOMMEN. SIE HABEN DIE EHRE AN DER JUNGFERNFAHRT TEILZUHEHEMEN. LEHNEN SIE SICH ZURÜCK UND GENIEßEN SIE DIE FAHRT.<<

Für meine Durchsage erntete ich tobenden Applaus, sodaß ich umgehend hinzufügte:

>>ACHSO! FÜR IHR LEIBLICHES WOHL IST

SELBSTVERSTÄNDLICH AUCH GESORGT. IM KÜHL-
SCHRANK SIND SNACKS UND ERFRISCHUNGS-
GETRÄNKE. BITTE BEDIENEN SIE SICH NACH
HERZENSLUST!>>

Jetzt rastete die Meute völlig aus. Ich hatte, bevor ich die
Kennzeichen montiert hatte den Kühlschrank mit Bier,
Limonade und Salzgebäck gefüllt. Sehr zur Freude der
Fahrgäste. Ich hörte, wie Flaschen gegeneinander
stießen als Maja sagte:
>>Die nächste links und dann rechts auf
den Parkplatz!<<
>>Eine fantastische Idee<<, sagte ich zu Maja, als ich
erkannte, wo wir waren. Ich parkte den Bus genau vor
der großen Eingangstüre des fünfstöckigen Gebäudes.
Ich betätigte erneut die „böse" Hupe und öffnete die
Vordertüre, als eine etwas korpulentere Frau aufgeregt
aus dem Gebäude trat.

>>Das geht aber so nicht! Hupen ist hier verboten! Was
wollen Sie denn hier mit dem Bus überhaupt!?<<, schrie
sie uns förmlich an und deutet auf ein Schild auf dem

„SENIORENSTIFT ST. PETER – BITTE LEISE" stand.

>>Wir holen nur jemanden ab, und dann sind wir auch schon wieder weg<<, erklärte ihr Maja.

>>Ich weiß nichts von irgendeiner Abholung<<, erwiderte die Frau empört.

>>Doch, doch, das ist alles mit der Leitung abgesprochen<<, schwindelte Maja.

>>Da muß ich erst nachfragen und mir eine Bestätigung einholen.<< Kopfschüttelnd ging die Frau zurück ins Gebäude, als ich erneut die Hupe betätigte. Daraufhin drehte sie sich erbost um und schrie:

>>Jetzt reicht es aber. Hier ist gerade Mittagsruhe!<<

>>Sagen Sie doch bitte Frau Pocke Bescheid, daß ihr Bus nun da wäre<<, rief ich ihr hinterher, als sie wieder im Gebäude verschwand.

Fünf Minuten später kam sie mit einer freudestrahlenden Frau Pocke zurück aus dem Seniorenstift.

>>Ich habe bei der Leitung niemanden erreicht, aber Frau Pocke hat mir bestätigt, daß sie abgeholt wird<<,

sagte die Betreuerin kleinlaut. Frau Pocke zwinkert uns zu und stieg in den Bus.

>>Wir bringen Frau Pocke auch wieder wohlbehalten zurück, versprochen<<, sagte ich, schloß die Türe und fuhr langsam zurück auf die Straße. Frau Pocke setzte sich zu den anderen nach hinten und bekam von Paul direkt eine Flasche Bier in die Hand gedrückt, die sie dankend annahm. Im Rückspiegel konnte ich die Szenerie gut beobachten und meinte sogar eine Träne in Frau Pockes Augen erkannt zu haben.

>>Dann mach ich mal Musik<<, sagte ich zu Maja, als wir die Stadtgrenze erreichten. Im CD-Player war noch eine CD von Jupp eingelegt. Ich drückte die Wiedergabetaste und es ertönte 'Ein Bett im Kornfeld' von Jürgen Drews über die Lautsprecheranlage.

>>Gewagte Musikwahl<<, meinte Maja und begann lauthals mitzusingen. Und der Rest der Meute stimmte mit ein. So fuhren wir gut gelaunt über die Landstraßen des schönen Niederrheins. Es lief gerade 'Alice' von Howard Carpendale, als Tom zu mir nach vorne kam.

>>Ich hab Hunger<<, sagte er.

>>Ich halt an der nächsten Bude, da können wir was essen<<, schlug ich vor.

Drei Kilometer weiter wies uns ein selbstgezimmertes Imbiss-Schild, den Weg. Ein großer, fast leerer Parkplatz bot genügend Platz für unseren Bus. Etwas abseits stand ein Imbissanhänger, vor dem zwei Stehtische standen. Der Besitzer begrüßte uns neugierig:

>>Was seid ihr denn für ne Truppe?<<

>>Eine Hungrige!<<, entgegnete Tom.

>>Das ist schön! Was darf es denn sein?<<

>>Zehn mal Currywurst Pommes. Und zwei Bratwürste, aber kalt und ungebraten...<<

Der Besitzer runzelte die Stirn, als Masha und Murphy aus dem Bus sprangen.

>>Verstehe!<<, sagte er und begann zu fritieren!

>>Und wo fahren wir jetzt hin?<<, fragte mich der

Kritiker, während er sich freudig eine Pommes in den Mund steckte.

>>Mir egal, ich bin nur der Busfahrer...<<

>>Ich hab eine Idee!<<, sagte Roberts Frau Maike.

>>Immer raus damit.<<

>>Meine Tante hat hier in der Nähe einen Bauernhof. Die wollte ich sowieso mal wieder besuchen. Die würde sich wirklich freuen. Da gibt's auch Ponnies, da können die Kinder bestimmt reiten...<<

Da Elli und Oskar die Unterhaltung mitbekommen hatten, war die Entscheidung gefallen. Jubelnd hüpften die zwei zurück zum Bus.

Nachdem wir alles aufgegessen und unsere Hinterlassenschaften im Mülleimer entsorgt hatten verabschiedeten wir uns beim Imbissbesitzer und machten uns wieder auf den Weg.

>>Hier in den Feldweg rein, falls das passt.<< Maike stand neben mir und erklärte mir den Weg.

Am Ende des Feldweges führte eine Kieseinfahrt in den Innenhof eines typischen, niederrheinischen

Vierkanthofs. Maike stieg, nachdem ich beide Bustüren geöffnet hatte aus und ging hinüber zum Wohnhaus. Nach mehrmaligen Klopfen öffnete eine verdutzt dreinblickende Frau die Türe. Nur einen Augenblick später änderte sich ihre Miene schlagartig, als sie Maike erkannte. Die beiden vielen sich in die Arme und herzten sich ausgiebig.

Als sie sich schließlich lösten erklärte ihr Maike, wer wir waren. Und als ob wir uns schon seit Jahren kennen würden, lud sie uns alle in ihren parkähnlichen Garten ein.

>>Ich habe gerade einen Erdbeerkuchen fertig. Ich schütte Kaffee auf und dann erzählt ihr mir, was es mit dem Bus auf sich hat. Maike, hilfst du mir?<<, fragte sie und ging Richtung Küche, als ihr Oskar an der Schürze zog:

>>Wo sind denn die Ponies?<<
>>Hinten auf der Weide.<< Sie zeigte auf einen eingezäunten Bereich hinter der großen Scheune.

>>Ich geh mit, Tante Mia. Ich kenn mich ja hier aus<<, bot Robert ihr an.

>>Und ich helfe beim Tischdecken<<, sagte Frau Pocke.

Es dämmerte schon als ich den Bus startete. Als letztes verabschiedete sich Frau Pocke bei Tante Mia. Die zwei hatten sich den ganzen nachmittag und abend ausgiebig unterhalten und versprachen in Kontakt zu bleiben.

Kurz nach dreiundzwanzig Uhr hielt ich wieder vor Frau Pockes Seniorenstift. Kurz bevor sie ausstieg nahm sie mich und Maja in den Arm und sagte:

>>Das war der schönste Tag, den ich seit langem erlebt habe. Vielen, vielen Dank.<<

>>Gern geschehen<<, sagte Maja und fragte: >>Bekommen Sie jetzt keinen Ärger?<<

>>Und wenn schon, das war es wert. Und im schlimmsten Fall zieh ich hier wieder aus und zu Mia auf den Bauernhof.<<

Sie klingelte an der Eingangstüre des Stifts und verschwand nach wenigen Sekunden im Inneren.

>>Die war glücklich...<<, sagte Maja und gab mir einen Kuss.

Nachdem wir Robert und Maike nach Hause gebracht hatten parkten wir wieder vor unserem Haus. Tom drückte mich zur Verabschiedung und sagte:

>>Das müssen wir wiederholen.<<
>>Nicht so laut, sonst haben wir wieder den Kritiker dabei<<, sagte ich spaßeshalber. Dieser bedankte sich auch und machte sich zu Fuß auf den Heimweg. Als auch die Kinder im Haus verschwunden waren, nahm mich Maja auf die Seite und flüsterte mir ins Ohr:

>>Und morgen machen wir unsere ganz private Jungfernfahrt.... Und dann über Nacht!<<

Anstatt einer Antwort küsste ich sie lang und innig.

12 Jungfernfahrt II

Ein Wanderparkplatz mitten im Nirgendwo, nahe der niederländischen Grenze bot uns Tags darauf Platz für die erste Übernachtung in unserem Bus. Wir hatte vorher mehrere Wohnmobilstellplätze zum Verweilen in Betracht gezogen, doch die waren entweder schon voll, oder zu klein für unsere zwölf Meter. Und da wir eigentlich alles dabei hatten, bis auf etwas zu essen, entschieden wir uns für diesen Platz. Außer uns standen nur noch zwei weitere Autos, die wahrscheinlich auf ihre wandernden Besitzer warteten, auf dem geräumigen Parkplatz. Wir hatten also die freie Platzwahl und stellten uns so, daß wir von den Küchensitzen auf das naheliegende Weizenfeld, hinter dem die Sonne untergehen musste, schauen konnten.

>>Ich stell aber mal die Campingstühle raus. Noch ist es ja herrlich warm<<, sagte ich zu Maja und verließ den Bus. Der Frühsommer zeigte sich heute von seiner schönsten Seite. Angenehme fünfundzwanzig Grad, noch am Spätnachmittag und dazu mein Lieblings-Wolkenbild. Ich weiß nicht, wie man diese Wolken nennt, aber sie sorgen dafür, daß der Horizont nie enden will. Anstatt, daß sie schlechtes Wetter ankündigen, untermauern sie eher die Vollkommenheit einer

Schönwetterlage, wie ein gut gewählter Bilderrahmen. Meist ist es dann auch windstill, was die Friedlichkeit des Gesamtbildes perfektioniert.

Als wir Minuten später nebeneinander die Aussicht genossen, Maja mit Masha und Murphy zu ihren Füßen und ich mit Willi auf dem Schoß, beschlossen wir uns etwas zu Essen bei einer nahgelegenen Pizzaria, die wir im Internet fanden, kommen zu lassen. Ich erklärte dem Boten unseren Standort und öffnete eine Flasche Sekt, die eisgekühlt im Kühlschrank auf diesen Moment gewartet hatte.

>>Ich bring nur schnell Willi ins Bett, dann stoßen wir an! << Maja nahm Willi von meinem Schoß und machte ihn bettfertig.

Zehn Minuten später, mein Lieblingswolkenbild wurde langsam lila, kam Maja vergnügt zurück:

>>Der war hundemüde und ist sofort eingeschlafen.<<

Ich reichte ihr ein gefülltes Camping-Sektglas, legte meinen Arm um ihre Schultern und lehnte meinen Kopf

an ihren. Wir stießen an und bestaunten den Sonnenuntergang.

Ein heranrasender Kleinwagen holte uns nach einer
Weile wieder zurück in die Realität. Die Pizza war da. Der
Fahrer staunte nicht schlecht, über seine Kundschaft und
wir bedankten uns bei ihm für seinen außergewöhnlichen
Lieferweg mit einem üppigen Trinkgeld. Zum Essen
begaben wir uns wieder in den Bus. Da wir dort das Licht
ausließen, konnten wir bald die ersten Sterne bestaunen.
Mittlerweile waren wir ganz alleine auf dem Parkplatz und
so war es bis auf die Nachtlaute der Natur wundervoll
still. Nachdem wir zuende gegessen und zum Abschluß
einen Kräuterschnaps getrunken hatten, nahm mich Maja
an der Hand und zog mich in unser neues
Busschlafzimmer.

>>Gut, daß wir eine Tür eingebaut haben<<, flüsterte ich
ihr ins Ohr und schloß diese hinter uns.

Außer einer kurzen Unterbrechung durch einen
Lastwagen, der weit nach Mitternacht geparkt wurde,
schliefen wir tief und fest, bis uns Willi mit seinem

typischen Morgengegluckse gegen kurz nach Sonnen-aufgang weckte.

Ich öffnete meine Augen und sah direkt in Majas, die vor Erstaunen weit geöffnet waren.

>>Der hat echt durchgeschlafen!<<, erkannte sie.

Sie hatte Willi in einem Camping-Kinderbettchen, aus dem er nicht rausfallen konnte in eine der Kojen gelegt. Wir hatten im Traum nicht daran gedacht, daß er im Bus duchschlafen würde. Aber so kann man sich täuschen.
Ich stand auf und holte Willi zu uns ins Bett. Masha und Murphy schienen auch zufrieden mit ihren Schlafplätzen zu sein, denn sie rührten sich kaum. Wir alberten noch eine Weile herum, bis Maja sagte:

>>Ich will Kaffee!<<
>>Kommt sofort!<<

Ausgiebig tranken wir unseren Kaffee während Willi seine Morgenflasche trank.

>>Ich könnte ewig so sitzen!<<, meinte sie und ich stimmte ihr zu. Leider hatten die Hunde dann doch etwas dagegen und so machten wir uns auf, die Gegend zu erkunden. Auf der anderen Strassenseite lag ein kleines Waldstück in dem sich ein größerer Teich versteckte. Wir schlugen uns ein wenig durch das Unterholz, bis wir am Ufer angelangt waren. Die Hunde waren begeistert und nahmen erst einmal ein ausgiebiges Morgenbad. Selbst Willi hielt kurz seine Füßchen ins kühle Nass und hatte seine helle Freude.

Als wir zum Bus zurückkehrten, war der Lastwagen wieder verschwunden und die ersten Autos von Wanderbegeistereten trafen ein.

>>Vorbei mit der Ruhe, lass uns verschwinden!<<, meinte ich zu Maja und sie antwortete:
>>Gerne. Wir holen irgendwo Frühstück!<<

Ich verstaute die Campingstühle und machte den Bus abfahrtsbereit. Drei Orte weiter lag eine Tankstelle mit Bäckerei und einem großem Parkplatz auf unserem Weg. Ich parkte den Bus neben einem Vierzigtonner.

Gemeinsam gingen wir in das Ladenlokal und holten uns unser Frühstück, das wir auf einer Bank in der Morgensonne zu uns nahmen.

Als ich danach wieder den Motor starten wollte, tat sich leider, bis auf ein schwach leuchtendes Armaturenbrett und ein Klackern im Schaltkasten, nichts.

>>Da haben wir wohl die erste Panne...<<, sagte ich zu Maja und machte mich auf die Fehlersuche.

Mit einem netten LKW-Fahrer aus der Schweiz, der mit seinem Kollegen den Sonntag hier verbringen musste, wurden wir schnell fündig. Die Klemme um den Minuspol einer der zwei Starterbatterien wurde wohl nicht richtig festgeschraugbt, so dass sie sich durch das Fahren gelöst haben musste. Da sie aber immer noch nah genug zum Pol lag, erzeugte sie weiterhin einen Kontakt. Dieser war aber so weit weg, daß bei jedem Zünden ein Funke entstand, der wie beim Elektroschweißen den Metallpol immer weiter verkohlte. Dieser war nun nur noch halb so dick, wie er sein sollte. Da die Starterbatterien jedoch die gleichen waren, wie die Aufbaubatterien, konnten wir diese einfach tauschen und siehe da, der Diesel sprang ohne Murren wieder an. So konnten wir uns auf den Weg nach Hause machen.

>>Gut, daß wir eine Testfahrt gemacht haben, sonst wäre das nächste Woche auf dem Weg nach Kroatien passiert.<<, sagte Maja als wir vor unserem Haus parkten.
>>Ja, Gott sei Dank. Jetzt haben wir genug Zeit eine neue Starterbatterie zu bestellen. Wofür so Testfahrten alles gut sind...<<, antwortete ich lächelnd.

Teil III – Der erste Urlaub

Tag Eins - Die Abfahrt

Die nächsten Tage verbrachten wir mit den üblichen Urlaubsvorbereitungen. Am Montag vor der Abreise machte sich Paul mit seinen Kumpels auf den Weg auf seine Abi-Tour. Sie hatten für eine Woche einen Bungalow in einem Ferienpark gebucht. Er sollte dann die Woche darauf mit dem Zug zu uns stoßen. Seine

Freundin Loreena hatte bei der Planung des Urlaubs überlegt, sich das Geld für die Zugfahrt zu sparen und direkt mit uns zu fahren. Als wir ihr spaßeshalber vorschlugen, daß wir sie nur mitnehmen würden, wenn sie die Rolle des Auxpair-Mädchens für die Kinderbetreuung übernehmen würde, entschied sie, sich auf das Abenteuer einzulassen. Seitdem verging kaum eine Begegnung, ohne daß wir Witze darüber machten.

Beim beladen der Gepäckfächer wurde schnell klar, daß wir den Plan, auch die Fahrräder in den Gepäckklappen verstauen zu wollen, vergessen konnten. Also mußte eine Alternativlösung her. Da wir eine Anhängerkupplung am Bus hatten, entschieden wir uns einen Fahrradträger für diese zu besorgen. Mir fiel Stefan ein, der sich für sein neues Wohnmobil einen Fahrradträger für die Anhängerkupplung besorgen wollte. Also rief ich ihn an:

>>Guten Morgen. Schon alles gepackt?<<, begrüßte er mich.
>>Wir sind auf einem guten Weg. Wir haben nur ein Problem. Wir wissen nicht wohin mit den Fahrrädern.<<

>>Und jetzt willst du unseren Radträger leihen?!<<

>>Das wäre spitze, falls ihr den nicht braucht in den nächsten Wochen.<<

>>Kein Problem, der liegt hier sowieso nur rum. Wann wollt ihr fahren?<<

>>Spätestens Freitag Abend.<<

>>Dann bring ich den vorher vorbei.<<

>>Ruf vorher an, dann bekommst du einen Kaffee.<<

>>Unbedingt.<<

Das Problem war nun wohl auch gelöst. Und da am nächsten Tag die neue Starterbatterie geliefert wurde, sogar einen Tag früher als erwartet, stand unserer Abreise nichts mehr im Weg.

>>Was wollen die denn alle hier?<<, flüsterte Maja mir im Vorbeigehen ins Ohr, als sie einen Wäschekorb voller Essensvorräten im Bus verstauen wollte.

>>Sensationstourismus!<<, antwortete ich und sah mich um. Ich war gerade damit beschäftigt den Frischwassertank zu befüllen. Um den Bus herum standen nicht

weniger als fünf Personen, die mit der Reise eigentlich nichts zu tun hatten. Meine Eltern, die nur kurz 'Gute Fahrt' wünschen wollten und das schon seit zwei Stunden. Der Kritiker, der wiedermal garnichts sagte und alles nur mit Blicken komentierte und Tom mit seiner Frau, der wenigstens beim Bepacken half. Dies war auch nötig, denn alle Klappen und Türen des Busses waren geöffnet. Davor lagen kreuz und quer verteilt Körbe, Tische, Stühle, Kisten und vieles mehr.

Es war schon kurz nach Mittag und spätesten um siebzehn Uhr wollten wir eigentlich losfahren. Da waren Schaulustige nur bedingt eine Hilfe. Vor allem die, mit guten Ratschlägen.

>>Da passen die Räder aber nicht mehr rein.<< Der Kritiker hatte doch seine Stimme mitgebracht.
>>Scharf kombiniert<<, antwortete ich und fügte hinzu:
>>Die kommen ja auch auf den Radträger hinten...<<
Der Kritiker ging zum Heck des Busses und stellte messerscharf fest:

>>Da ist aber gar kein Fahrradträger!<< Wirklich eine

Blitzbirne, dachte ich und wie auf Zurufen hielt in diesem Moment Stefans Fahrschulwagen neben uns an.

>>Sie haben einen Fahrradträger bestellt?<<, sagte dieser durch die runtergelassene Scheibe.

>>Das nenne ich Timing. Endlich mal konstruktiver Besuch!<< Ich öffnete Stefans Fahrertür und gemeinsam holten wir den Fahrradträger aus dem Kofferraum.

>>Der ist ja nagelneu!<<, stellte ich fest und hatte direkt ein schlechtes Gewissen, daß wir diesen sündhaft teuren Hightech-Träger als erste benutzen sollten.

>>Stimmt, weiß der Geier, wann ich den endlich mal benutze. Wir haben so viel zu tun, daß wir wieder nicht wegfahren diesen Sommer.<< Stefan spielte auf seine gut laufende Fahrschule an.

>>Ein Fluch und ein Segen<<, stellte ich fest.

Nachdem wir den Ständer montiert hatten, viel uns auf, daß das Abgasendrohr des Busse genau auf den linken Bereich des Trägers zielte. Der Abstand war zudem verdächtig gering.

>>Ich glaube der fackelt den ab<<, gab ich zu bedenken.

>>Das Rohr ist wirklich nah dran. Und der Träger ist ja

fast komplett aus Kunststoff<<, stimmte Stefan mir zu.

>>Das riskiere ich nicht. Nachher ist dein neuer Träger versaut, obwohl du den noch nie richtig benutzt hast. Da lassen wir lieber die Räder hier.<<

>>Quatsch. Mein Vater hat noch einen älteren Träger. Der müsste komplett aus Metall sein. Den hol ich.<<

>>Braucht der den nicht?<<

>>Meine Eltern sind über achtzig. Die sind zuletzt gefühlt vor zehn Jahren mit dem Träger los. Der nimmt nur Platz in der Garage weg. Gut für euch. Ich hole den schnell!<<

>>Du bist ein Teufelskerl. Dann schütte ich schon mal Kaffee auf.<<

Keine halbe Stunde später war Stefan zurück. Wir saßen gerade auf der immer noch nicht verstauten Bierbank, tranken Kaffee und aßen selbstgebackenen Kuchen von Toms Frau. Mittlerweile war auch Loreena eingetroffen. Sie war gestylt, als wolle sie heute Abend noch feiern gehen.

>>Sollen wir den eben dran machen?<<, fragte Stefan.

>>Setz dich erstmal und trink mit uns Kaffee<<, befahl ich ihm.

>>Das lasse ich mir nicht zweimal sagen.<<

Nachdem Loreena allen am Tisch den Inhalt ihrer zwei Koffer zur genüge erklärt und uns von ihrer Angst, irgend etwas vergessen zu haben berichtet hatte, löste sich das Kaffekränzchen langsam auf. Maja packte die restlichen Sachen in den Bus. Meine Mutter deckte den Kaffeetisch ab, so dass mein Vater die Bierbank im Bus verstauen konnte. Stefan und ich montierten den neuen, alten Fahrradträger, natürlich vor des Kritikers Argusaugen. Und Loreena suchte immer noch nach den Dingen, die sie vergessen hatte.

Trotz alle dem startete ich um Punkt Siebzehn Uhr den Motor. Alle Mitreisende saßen auf ihren Plätzen als ich den ersten Gang einlegte. Die Straße hatte sich mit noch mehr Schaulustigen gefüllt, die teilweise unsere Abfahrt mit ihren Handys filmten. Tom und mein Vater wiesen mich beim Wenden ein. Ich stoppte ein letztes mal und fragte die Abschiedsrunde, welche Hupe sie hören wolle. Weil ich nur ratlose Gesichter sah, traf ich diese wichtige Entscheidung selbst: Natürlich beide! Und so fuhren wir gut und böse hupend endlich davon Richtung Süden!

Die erste Nacht wollten wir bei meinem Kumpel Carsten verbringen. Wir waren zusammen aufgewachsen und hatten uns in all den Jahren nie aus den Augen verloren, obwohl Carsten beruflich ständig umziehen musste. Er arbeitet für eine IT-Firma und war momentan in Karlsruhe tätig. Und da er direkt am Rhein eine Wohnung hatte, die fußläufig zu einem Wohnmobilstellplatz lag, bot sich dieser optimal für einen Kurzbesuch an.

Kurz nach Mitternacht trafen wir auf dem Stellplatz ein. Da dieser nicht beleuchtet war, stieg Maja aus und suchte mit einer Taschenlampe nach einem freien Stellplatz.

>>Da ist auf jeden Fall noch was frei<<, sagte sie, als sie zum Bus zurückkam und wies mir den Weg. Die restlichen Passagiere hatten sich schon kurz nach unserem Abendessenhalt in ihren Kojen verkrochen und schliefen tief und fest.

Wir parkten den Bus mit Blick direkt auf den Rhein. Als der Motor verstummte, hörten wir, daß in den umliegenden Wohnmobilen die Neugierde erwacht war. Als Maja und ich uns mit zwei Flaschen Bier Richtung Rhein aufmachten, folgten uns Murphy und Masha, die

die Gelegenheit zu einem nächtlichen Geschäft nutzen wollten. Auf einer Bank genoßen wir die Stille.

> Ich bin müde.<<, meinte Maja nachdem wir die Biere geleert hatten.

> Dann komm...<< Ich nahm sie bei der Hand und wir gingen, gefolgt von unseren Hunden zurück zu unserem Bus. Kurz bevor wir einschliefen schickte ich Carsten, der noch auf irgendeiner Party in der Innenstadt war eine Nachricht, daß wir angekommen waren.

Keine fünf Minuten später schliefen wir tief und fest!

> **Tag Zwei - Karlsruhe**

Schon beim Öffnen der Augen wurde uns klar, daß es auf dem schönen Stellplatz am Rhein nur ein Thema gab: Unser Bus! Obwohl die Vorhänge im hinteren Schlafbereich geschlossen waren, sahen wir neugierige Silhouetten, die sich auf dem Stoff abzeichneten. Auch Stimmen waren zu hören. An ein entspanntes Weiterschlafen nach der kurzen Nacht war also nicht mehr zu denken.

>>Dann mach ich mal Kaffee!<<, sagte ich zu Maja, die

sich nochmal umdrehte und in ihre Decke kuschelte. Da Willi auch noch schlief verließ ich den Schlafbereich auf Zehenspitzen. Auch im restlichen Bus war es noch friedlich. Bis auf Murphy und Masha, die kurz aufsahen, regte sich nichts. Ich stellte die Kaffemaschine an, nachdem ich sie mit Pulver und Wasser befüllt hatte und betrat das kleine, aber zweckmäßige Bad, um mir die Zähne zu putzen. Als ich wieder in die Küche zurückkehrte, war der Kaffee schon durchgelaufen. Ich nahm mir zwei Tassen aus dem Schrank und befüllte sie mit Kaffee, Milch und Zucker. Einen hielt ich Maja unter die Nase und flüsterte ihr ins Ohr:

>>Lust auf einen Kaffee in der Morgensonne, mit Blick aufs Wasser?!<<

>>Sehr gerne, gib mir eine Minute.<<

>>Alle Zeit der Welt, wir haben Urlaub. Ich reservier schon mal die Plätze.<< Ich verließ den Bus durch die Vordertüre, gefolgt von Masha und Murphy, die wohl auch Lust auf die Morgensonne verspürten. Draußen war es angenehm kühl. Doch mit der Ruhe war es schnell vorbei, denn ich wurde von dem neugierigen Grüppchen

direkt in Beschlag genommen.

>>Der ist ja riesig!<<, stellte ein Mann mit ausladendem Bierbauch und rotem Gesicht fest.

>>Ganz normale Größe, für einen Setter<<; entgegnete ich ihm.

>>Ich meinte doch den Bus!<<, erwiderte er irritiert.

>>War Spaß, der ist zwölf Meter...<<, geduldig beantwortete ich alle Fragen der Dreier-Rentnergruppe, bis Maja aus dem Bus trat:

>>Ich dachte, du wolltest schon die Plätze reservieren? Guten Morgen zusammen!<<

>>Ja dann wollen wir nicht weiter stören. Ich muß auch mal zurück zu meiner Frau<<, meinte der kleinste der Gruppe aufmerksam und ging zurück zu seinem Alkovenwohnmobil, daß direkt neben unserem Bus stand. Die anderen zwei verabschiedeten sich ebenso und wir konnten endlich die paar Schritte zum Rhein gehen.

>>Glück gehabt, die Bank ist noch frei.<< Maja setzte sich zu erst. Während unsere Hunde mit ihren Nasen die

nähere Umgebung ekundeten genossen Maja und ich die wärmende Sonne und den Kaffee.

>>Du hast vorhin eine Nachricht bekommen. Hier...<<, sagte Maja und reichte mir mein Handy.

>>...von Carsten<<, stellte ich fest.

>>Er ist schon wach und holt Brötchen. Er kommt in einer halben Stunde zum Bus.<<

>>Dann können wir ja noch einen Kaffee trinken.<<

Carsten kam mit seinem Fahrrad und sah verkartert aus. Trotzdem schien er sich sehr zu freuen uns zu sehen:

>>Da hast du aber nicht viel geschlafen?<<, stellte ich fest.

>>Gar nicht. Ich hab nur schnell geduscht und dann Brötchen geholt. Habt ihr noch nen Kaffee für mich. Der ist leer.<< Er hielt einen Pappbecher mit Deckel und Bäckerlogo hoch. Ich schenkte ihm aus unserer Thermoskanne nach und er setzte sich zu uns auf die Bank.

Wir plauderten noch ein Weilchen, bis der Rest der Meute im Bus wach geworden war. Danach Frühstückten wir ausgiebig und besprachen, was wir den Tag über machen wollten. Wir einigten uns darauf es ruhig angehen zu lassen. Carsten wollte sich noch ein bisschen hinlegen. Vorher wollten die Damen noch bei ihm in der Wohnnung duschen. Ich räumte mit Justus die Hinterlassenschaften des Frühstücks zurück in den Bus. Danach schaute ich nach dem Ölstand des Motors. Dies lockte natürlich erneut die umliegenden Wohnmobilisten an. So kam ich wieder ins Plaudern und wieder rettet mich Maja, als sie vom Duschen zurückkehrte.

> Carsten meint, in der Innenstadt gibt es ein guten Laden für Bademoden. Sollen wir da hin? Wir können entspannt mit der Bahn fahren. Die hält direkt hier.<<
> Spitze, dann ziehe ich mich mal an.<<
Da Loreena schon ein Bademodengeschäft in ihrem Koffer und der Rest eher Lust auf Chillen hatte, machten sich nur Maja, Willi und ich eine halbe Stunde später auf den Weg zur Bahnhaltestelle. Carsten hatte uns noch genau erklärt, wann und wo wir umsteigen

sollten, damit wir den kürzesten Weg in die Karlsruher Innenstadt fanden. Wir genossen den Umstand, einmal alleine und in Ruhe durch die Fußgängerzone bummeln zu können. Maja kaufte sich neue Bikinis und ich besorgte neue Wasserspielzeuge, die in einem Strandurlaub niemals fehlen durften. Zum Abschluß setzten wir uns noch in ein Strassencafe und genossen Cappuccino und Milchkaffee.

Vergnügt kamen wir am späten Nachmittag zurück zum Bus, wo Carsten schon auf uns wartete und sich angeregt mit Elli, Oskar und Justus unterhielt. Die drei saßen in unseren Campingstühlen und spielten Switch.

>>Na, ihr habt die Zeit wohl gut rum bekommen?!<<, stellte Maja fest.

>>Voll entspannt. Wir waren sogar schon mit den Hunden<<, antwortete Elli und schaute dabei weiter auf ihren Bildschirm.

>>Wo ist den Loreena?<, fragte ich.

>>Die ist nochmal in die Wohnung, um sich zu stylen<<, sagte Carsten.

>>Was hat sie denn vor?<< Eigentlich wollten wir nur in

einem nahgelegenen Biergarten die, laut Carsten, besten Hähnchen von Karlsruhe essen gehen.

>>Das mußt du sie schon selber Fragen. Da kommt sie gerade...<< Carsten zeigte zur Einfahrt des Stellplatzes, wo Loreena gerade heranschwebte.

>>Wartet ihr etwa auf mich?<<, fragte sie theatralisch und war umgeben von einer Parfumwolke.

>>Natürlich, sonst würde das Essen ja nur halb so viel Spaß machen...<<, antwortete ich grinsend.

Carsten hatte nicht übertrieben. Die Hähnchen waren grandios. Pappsatt ließen wir uns in den Stühlen zurückfallen und genossen die Abendstimmung im Schatten von Kastanien. Der Biergarten war wirklich sehr idyllisch und so bestellten wir noch eine Runde Getränke bei der netten Kellnerin.

> Den Sonnenuntergang schauen wir aber bei mir auf dem Balkon. Ich mach uns leckere Cocktails, wenn ihr möchtet<<, schlug Carsten vor.

> Unbedingt!<< Antwortet ich und so saßen wir pünktlich eine dreiviertel Stunde später auf Carstens Balkon. Die Sonne wurde gerade tief orange. Nur der

restliche Himmel war weit von meinem Lieblings-Wolkenbild entfernt. Am Horizont zog ein kräftiges Gewitter auf. Der auffrischende Wind bestätigte den Wetterwechsel und so entschieden wir uns den Rest des Abends in Carstens Wohnung zu verbringen. Bis weit nach Mitternacht hielt uns das Unwetter in Atem. Loreena hatte eine Regenpause genutzt, um zurück zum Bus zu laufen. Maja und ich hatten sie begleidet, um Willis Schlafanzug und Ersatzwindeln zu holen. Dieser schlief nun tief und fest. Elli und Oskar spielten an Carstens PC, Justus sorgte mit seiner Bluetoothbox für gute Musik, während Maja sich Carstens und meine Jugendgeschichten anhören musste. Wir waren mittlerweile auf Gin-Tonic umgestiegen als der Regen entgültig aufhörte.

>>Ich glaub wir gehen mal schlafen. Morgen haben wir ja noch ein Stück zu fahren<<, sagte ich als
Carsten mein Glas erneut füllen wollte.
>>Na gut. Man soll ja aufhören, wenn es am Schönsten ist. Ich sollte auch mal schlafen<<, stimmte er mir zu.
Ohne, daß er wach wurde legten wir Willi in seine Koje.

Auch der Rest der Bande schlief schnell ein, so daß Maja und ich noch kurz mit den Hunden gehen konnten und dabei den wieder klaren Sternnhimmel bestaunten.
>>Jetzt müsste man Urlaub haben!<<, flüsterte ich ihr ins Ohr.

Tag Drei - Allershausen

>>Der nächste offene Bäcker ist zweieinhalb Kilometer von hier weg. Ein bisschen weit, um zu Fuß zu gehen.<< Maja saß in der Küchensitzgruppe und trank Kaffee, während sie nach Einkaufsmöglichkeiten in der Nähe suchte. Da es Sonntag war, gab es nicht all zu viele Auswahlmöglichkeiten.
>>Ich nehm einfach das Rad, dann bin ich schnell wieder da und wir kommen zeitig weg<<, schlug ich vor.
Da mein Fahrrad an der hinteren Schiene des Fahrradträgers befestigt war, konnte ich es schnell runternehmen und losfahren. Um uns herum war auch die Neugierde abgeflacht, so daß ich in kein Gespräch verwickelt wurde. Der Bäcker war direkt hinter der Brücke, die über den Rhein führte in einem

Gewerbegebiet. Und somit nicht mehr in Baden-Württemberg sondern in Rheinland-Pfalz. Ich kaufte eine große Tüte voll mit gemischten Brötchen und ein Croissant für Maja. Als ich aus dem Laden trat, viel mir auf, daß das Vorderrad meine Fahrrades einen großen schwarzen Fleck hatte. Ich wollte mir diesen gerade genauer anschauen, als mein Handy klingelte. Carsten war dran.

>>Seid ihr schon weg?<<
>>Ne, ich bin gerade Brötchen holen in Rheinland-Pfalz.<<
>>Da sind die besten Bäcker. Verena hat gerade angerufen, daß sie früher zurück kommt. Ich muß in spätestens einer Stunde los zum Bahnhof, sie abholen. Vorher wollte ich aber noch Tschüss sagen<<, erklärte er. Verena war seine Freundin, mit der er vor zwei Monaten zusammen gezogen war. Eigentlich hatten wir ihn auch besuchen wollen, um sie kennen zu lernen. Leider musste sie dann spontan zu ihren Eltern in den Schwarzwald und aus dem Kennenlernen wurde leider nichts.

>>Komm mal zum Bus. Die müssten mittlerweile alle wach sein. Ich bin in zehn Minuten auch wieder da, dann trinken wir noch einen Kaffee.<<

Als ich zurück zum Bus kam, hatte Maja schon die Frühstückstische gedeckt. Diesmal im Bus, da es draußen durch das gestrige Unwetter ziemlich frisch geworden war. Carsten saß am vorderen Tisch mit Willi auf dem Schoß und ließ sich von Oskar sein neustes Videospiel erklären. Ich setzte mich dazu und genoß den Anblick.

>>Und, wann ist es bei euch soweit?<<, fragte ich Carsten.
>>Gott beware. Ich brauch doch meine Ruhe.<<
Wir unterhielten uns bei einer Tasse Kaffee noch weiter über die Vor- und Nachteile des Kinderkriegens, bis Carsten sich auf den Weg machte. Wir versprachen schnellst möglich einen weiteren Besuch einzuplanen, damit es mit dem Kennenlernen von Verena endlich klappen konnte.
Carsten gab uns noch seinen Haustürschlüssel, damit wir

nochmals sein Bad benutzen konnten. Sehr zur Freude von Loreena, die gerade aus ihrer Koje gekrochen kam. Während sie in seiner Wohnung verschwand frühtückten wir und machten danach den Bus abfahrtsbereit.

Beim Rangieren auf dem Stellplatz waren wir dann wieder die Hauptattraktion des Morgens. Gut für Maja, die diesmal nicht austeigen mußte, um mich einzuweisen. Freundlich winkend und natürlich „böse" hupend verließen wir den Platz und fuhren Richtung Bundesstrasse.

>>Laut Navi sind es dreihundertdreißig Kilometer bis zu Melanie und Zeki, also ungefähr vier Stunden<<, sagte ich zu Maja als wir auf der Autobahn Reisege-schwindigkeit erreicht hatten. Reisegeschwinigkeit hieß heute Fünfundneunzig Kilometer pro Stunde. Heute war Sonntag, und daher so gut wie kein LKW auf der Autobahn. Also ganz entspanntes Fahren.

>>Dann schreib ich mal der Melanie, daß wir am frühen nachmittag ankommen.<<

Melanie war Majas beste Freundin. Sie waren zusammen groß geworden und hatten sich trotz mehrere Berufs- und

Wohnsitzwechsel nie aus den Augen verloren. Momentan wohnte sie mit ihrem Mann Zeki, der marokkansiche Wurzeln hatte und aussah wie der junge Mister T und ihrem gemeinsamen Sohn Noel im Speckgürtel von München.

>>Zeki muß bestimmt arbeiten heute.<< Maja spielte auf Zekis Tätigkeit als Redakteur bei einem privaten Sportsender an. Und da die meisten Sportveran-staltungen am Wochenende stattfinden, war es nur logisch, daß Zeki auch an diesem Sonntag arbeiten musste. Eine halbe Stunde später antwortete Melanie, daß sie sich freue und ein Apfelkuchen schon im Ofen wäre. Willi war inzwischen in seiner Sitzschale eingeschlafen, somit konnten wir unser Hörbuch, welches wir gestern auf der Fahrt nach Karlsruhe angefangen hatte, weiterhören. Wir hatten uns für Origin von Dan Brown entschieden. Da dieses Hörbuch von Wolfgang Pampel gelesen wurde, hatte man beim Hören immer das Gefühl, man würde in einer Vorlesung von Indianer Jones sitzen.

Wir kamen gut voran und erreichten den Münchener Ring früher als erwartet. Willi wurde gerade wach als Indianer

Jones uns erzählte, daß Winston Robert Langdon über seine künstliche Intelligenz aufklärte.

>>Ich mach mal aus. Wir sind ja sowieso in zwanzig Minuten da<<, sagte Maja als Willi zu knöttern begann, weil er wohl Hunger, die Hose voll, oder beides hatte. Melanie und Zeki wohnten in einem kleinen Dorf direkt an der Autobahn Neun, unweit der Anschlußstelle Allers- hausen entfernt. Dadurch waren viele Einwohner Pendler, die im Zentrum Münchens arbeiteten. Der Rest waren gebürtige Voll-Bayern. Die meisten dieser Ureinwohner hatten sich mit den Zug'zogenen arrangiert. Es gab aber, wie wohl überall, Ausnahmen. Einer dieser Unrühmlichen wohnte gegenüber von Melanie und Zeki. So war es nicht verwunderlich, daß dieser direkt aus dem Haus gestürmt kam, als wir mit Warnblinklicht vor der Einfahrt die Dorfstrasse blockierten. Melanie und Zeki kamen freudestrahlend aus ihrem Haus und begrüßten uns überschwänglich. Die zwei Freundinnen kamen direkt ins Plaudern als ich sie unterbach:

>>Sollen wir nicht erstmal den Bus parken und die

Straße frei machen, bevor hier noch ein Unglück passiert?<< Ich deutete mit meinem Blick auf den Nachbarn.

>>Nur die Ruhe. Ist doch kaum Verkehr<<, entgegnete Melanie und fügte mit immer lauter werdender Stimme hinzu: >>Und Herr Stadler hat bestiMMT VER-STÄNDNIS. SERVUS, HERR STADLER!<<

Herr Stadler grummelte sich irgendetwas in den Bart und kehrte zurück in sein Haus. Zeki erklärte mir, daß ich Rückwärts vor das Garagentor fahren sollte, dann würde der Platz in der Einfahrt reichen. Und tatsächlich, nach mehrmaligen Rangieren standen wir perfekt auf dem Grundstück. Als ich den Motor abstellte, meinte ich im gegenüberliegenden Haus eine sich bewegende Gardine gesehen zu haben. Vorsichtshalber winkte ich in diese Richtung und verließ den Bus.

>>Jetzt kommt ihr erstmal an. Wir haben im Garten den Tisch gedeckt. Noel freut sich schon riesig, vor allem auf die Hunde.<< Wie aufs Stichwort kamen Masha und Murphy aus dem Bus gestürmt und begrüßten Melanie die augenblicklich auf die Knie sank, um beide ausgiebig

zu streicheln.

Der Kuchen schmeckte fantastisch. Oskar, Elli und Noel spielten auf der Wiese mit den Hunden, als sich Zeki leider verabschieden musste.

>>Ich bin gegen elf zurück, dann trinken wir noch ein Bierchen!<<

>>Unbedingt. Schöne Grüße an Lodda...<<, sagte ich scherzeshalber. Zeki hatte mir bei einem vorherigen Treffen von seiner Arbeit erzählt. Unter anderem, daß Lothar Mathäus ein wirklich super netter Typ wäre.

Nachdem wir zu Bier und Mischgetränken übergegangen waren, fragte Loreena, ob sie das Badezimmer benutzen durfte.

>>Eigentlich bist du ja zur Kinderbespaßung mitgefahren und nicht um die schönsten Bäder in Süddeutschland zu testen...<<, sagte Maja grinsend.

Sie verdrehte die Augen und folgte Melanie ins Haus, wo sie im Bad verschwand.

Im weiteren Verlauf des Nachmittags wurde die

Stimmung im Garten immer besser. Gegen Abend schlug Melanie vor den Grill anzumachen. Justus und Loreena, die sich Majas Scherz wohl zu Herzen genommen hatte, halfen ihr in der Küche bei den Vorbereitungen. Ich durfte den Grill anmachen und Maja ging zum Bus, um Willi eine neue Windel und eine Flasche zu machen.

Nachdem wir ausgiebig geschlemmt hatten, wurde es ruhig im Garten. Oskar und Elli verschwanden mit Noel in seinem Zimmer. Justus und Loreena besorgten sich von Melanie das W-Lan Passwort und machten es sich in ihren Kojen bequem, um sich auf den neusten Youtuber-Stand zu bringen.

>>Soll ich den mal in sein Bett bringen?<<, fragte ich Maja, die sich angeregt mit Melanie unterhielt und der garnicht aufgefallen war, daß Willi tief und fest auf ihrem Arm eingeschlafen war.

>>Gute Idee. Und bring mal noch den leckeren Schnaps mit nach draußen.<<

Als ich mit dem Schnaps zurück in den Garten kam, war Zeki auch schon wieder da.

>>Dann können wir ja alle zusammen anstoßen.<<

Bis weit nach Mitternacht saßen wir gesellig zusammen und genossen den bayrischen Sternenhimmel.

Tag Vier – Bad Aibling

Da wir am darauffolgenden Tag nur bis kurz vor die österreichische Grenze fahren mußten, konnten wir uns mit der Abfahrt Zeit lassen. Die Erste die auf den Beinen war, war Loreena. Sie wollte es anscheinend unter gar keinen Umständen verpassen, die erste im Bad zu sein. Melanie hatte uns vorsorglich vor dem Zubettgehen den Schlüssel für die Kellertüre gegeben, falls wir das Bad benutzen wollten, bevor jemand im Haus wach war.
Da Willi und Maja noch schliefen, machte ich mich mit Murphy und Masha auf, die naheliegenden Spazierwege zu erkunden. Als ich eine halbe Stunde später wieder zum Bus zurück kam, saßen Melanie, Seki und Maja mit Willi auf dem Schoß in der Morgensonne und tranken Kaffee.

>>Auch einen?<<, fragte Melanie.

>>Unbedingt! Ich füttere nur eben die Hunde!<<

Auch das Frühstück nahmen wir im Garten zu uns. Und ehe wir uns versahen war es Mittag.

>>So langsam müssen wir dann doch mal los<<, sagte ich. Sehr zum Ärger von Oskar, Elli und Noel, die völlig im Versteckspiel versunken waren.
>>Och Mann! Immer, wenn es am schönsten ist!<<, sagten sie fast gleichzeitig.
Wir versprachen bei nächster Gelegenheit nochmals Halt bei Melanie, Zeki und Noel machen zu wollen und verabschiedeten uns herzlichst.
Während wir den Münchener Ring Richtung Südosten verließen, klingelte Loreenas Handy. Paul war dran, denn als sie auflegte kam sie zu uns nach vorne und berichtete von dem Gespräch. Paul war gerade von seiner Abi-Tour heimgekehrt. Er wollte jetzt seine Wäsche waschen und sich nochmal hinlegen, um dann fit den Nachtzug Richtung Salzburg nehmen zu können.

>>Der hat wohl ordentlich Schlaf nachzuholen!<<,

vermutete ich.

>>Der kann was erleben, falls der unausgeruht in den Bus steigen will!<<, erwiderte sie grinsend und ging wieder nach hinten.

Zu Maja sagte ich:

>>Sollen wir eine Ausfahrt früher von der Autobahn abfahren? Dann können wir noch was einkaufen.<<

>>Mach mal...<<

Wir hatten beschlossen die Nacht auf dem Wohnmobilstellplatz in Bad Aibling zu verbringen. Diesen hatte Maja in einem Stellplatzführer ausgesucht, da er auch für lange Fahrzeuge geeignet war. Wir verließen also die Autobahn bei der Anschlußstelle Irschenberg um dann über die Landstrasse Richtung Bad Aibling zu fahren. Kurz vor Bad Aibling hatten wir die Auswahl zwischen zwei Discountern und einem großen Supermarkt. Ein Typisches Einkaufsgewerbegebiet hatten die Bayern vor den Toren Bad Aiblings aus der Erde gehoben. Der Nachteil: Jedes dieser seelenlosen Gebiete war gleich strukturiert und ähnelt auch optisch den anderen. Ob in

Kiel, Frankfurt oder Bad Aibling. Der Vorteil: Es gibt immer genug Parkplätze – auch für unsere zwölf Meter. Der Bus stand nun also über vier PKW-Parkplätze verteilt. Maja machte sich mit Justus und Oskar auf Vorräte für die nächsten drei Tage zu besorgen. Ich ging mit Willi auf dem Arm in den naheliegenden Baumarkt, um noch eine Gasflasche für unseren Grill zu besorgen. Als wir mit der vollen Flasche an der Kasse standen, tippte mir jemand auf die Schulter:

>>Ne schöne Bus hässe da. Wo bekommt man denn so wat her?<<, fragte eine mir bekannte Stimme. Ich drehte mich um und traute meinen Augen nicht. Vor mir stand Jupp, der einen Einkaufswagen voll mit Anglerbedarf vor sich her schob.

>>Gibts doch garnicht. Was machst du denn hier?<<
>>Ich bin hier auf der Anglermesse 'Saibling aus Bad Aibling'. Ein bisschen fortbilden.<<
>>Verrückt. Da kannst du dir ja jetzt mal den Bus ankucken, wie wir den umgebaut haben. Oder hast du keine Zeit?<<

>>Zeit hann ich jenuch, Jong. Und für euch sowieso.<<

Wir bezahlten und gingen zusammen zum Bus, während Jupp mit Willi scherzte, der fröhlich gluckste.

>>Groß isser jeworden<<, stellte er fest.
>>Ja. Der krabbelt jetzt schon. Herein in die gute Stube.<<

Jupp, der als erstes Loreena und Elli begrüßte kam aus dem Staunen nicht mehr heraus. Geduldig erklärte ich ihm jedes Detail unseres Umbaus. Als er es sich in der Sitzgruppe bequem gemacht und ich ihm einen Kaffee einschenkt hatte, kam Maja mit drei vollen Einkaufstüten zur Hintertüre herein.

>>Oh wir haben einen Gast, oder sogar einen Anhalter? << Maja sah Jupp nur von hinten und konnte ihn so nicht erkennen.

>>Anhalter! Isch wollt schon immer ens nach Kroatien.

Hallöchen Maja!<<, sagte Jupp und drehte sich dabei um.

Maja viel fast alles aus dem Gesicht.

>>Wo kommst du denn her?<<
>>Isch han misch im Kofferraum versteckt.<<, antwortete Jupp grinsend und sagte dann weiter:
>>Ne, Quatsch. Ich bin hier auf der Anglermesse.<<
>>Was ein Zufall. Wir übernachten auf dem Wohnmobil-stellplatz. Wie lange bleibst du noch? Vielleicht kannst du ja heute abend zum Grillen zum Bus kommen?<<
>>Bis Mittwoch. Aber Grillen schaff ich wohl nicht. Hier is jeden Abend irgendein anderes Fischessen-Ding. Aber auf nen Absäckerchen komm isch jernens rum. Stellplatz Bad Aibling sachse? Find isch.<<
Jupp verließ den Bus und fuhr mit seinem Transporter davon. Wir verstauten die Vorräte und fuhren das letzte Stück bis zum Wohnmobilstellplatz, der im Zentrum von Bad Aibling direkt am Trifftbach lag.
Ich stellte den Bus auf einen der hinteren Stellplätze, die extra für große Fahrzeuge angelegt worden waren. Der

Platz war relativ voll und wir, oh Wunder, mal wieder die nachmittägliche Attraktion. Von neugierigen Blicken begleitet baute ich die Sitzbank mit Tisch und den Grill auf. Da es doch schon frühsommerlich heiß war, stand mir der Schweiß auf der Stirn.

>>Gibt es hier eine Dusche?<<, fragte mich Loreena, die anscheinend vom Zusehen allein angefangen hat zu schwitzen.
>>Du kannst im Bus Duschen, oder im Bach baden<<, antwortete ich ihr.
Oskar und Elli, die unser Gespräch mit angehört hatten sprangen aufgeregt von der Picknickdecke hoch, auf der sie gerade MauMau spielten und brüllten:

>>JA, SCHWIMMEN!!!!<<
>>Das hätte ich mir ja denken können. Dann hol ich mal die Badesachen aus dem Bus<<, sagte Maja, die es sich gerade im Liegestuhl bequem machen wollte.

>>Ihr seid doch verrückt. Da bekommen mich keine zehn Pferde rein<<, sagte Loreena.

>>Abwarten...<<, entgenete ich und zog mir im Bus meine Badehose an.

Zehn Minuten später suchte die komplette Busbesatzung, inklusive Masha und Murphy das Ufer des Trifftbachs nach einer geigneten Badestelle ab. Leichter gesagt, als getan. Denn das dicht wachsende Schilff ließ es nicht zu, daß wir einen geeigneten Weg ins kühle Nass finden sollten. Wir wollten schon enttäuscht den Rückweg antreten als wir sahen, daß der Trifftbach am Ende des Uferweges in ein größeres Gewässer floß.

>>Das muß der Mangfall sein. Da finden wir bestimmt eine gute Stelle zum Baden<<, sagte ich laut. Und tasächlich, der Mangfall war eher ein Fluß, als ein Bach und hatte viele kleine und große Uferstellen, an dem man leicht Baden konnte. Und da der Wasserstand relativ flach war, konnten wir uns wunderbar erfrischen. Nur Loreena saß mit genervtem Gesichtsausdruck am Ufer und schmollte.

>>Komm schon. Das ist total sauber!<<, rief ihr Maja von der Mitte des Gewässers zu.

>>Ja Loreena, komm! Sonst spritzen wir dich nass!<<,

riefen jetzt auch Oskar und Elli.

>>Untersteht euch!<<, entgenete Loreena. Aber zu spät. Die zwei kleinen Teufel waren schon mit ihren mitgebrachten Wasserpistolen ans Ufer gestiegen und schrien:

>>EINS...ZWEI...DR...<<

Doch bevor sie losschießen konnten, nahm sich Loreena ein Herz und rannte ins Wasser. Sie tauchte sogar unter.

Als sie lachend wieder auftauchte sagte sie:

>>Da habt ihr nicht mit gerechnet, oder?!<< Dabei streckte sie die Zunge raus.

Über eine Stunde plantschten und tollten wir herum, bis wir schließlich erschöpft im Ufergras landeten. Kaum waren wir durch die immer noch heiße Frühabendsonne getrocknet, riefen die ersten schon wieder:

>>Ich hab Hunger!<<

>>Gut, daß ich vorsorglich ein Paket Schokobrötchen mitgebracht habe<<, sagte Maja und fütterte die wilde Meute.

>>Sehr schlau!<<, hornorierte ich und gab ihr einen Kuss. Nachdem der esrte Heißhunger gestillt war, gingen wir zurück zum Bus, wo ich den Grill anheizte. Maja deckte in der Zwischenzeit mit Justus den Tisch und reichte mir das Grillgut. Loreena ging trotz der natürlichen Flusserfrischung im Bus Duschen.

Maja und ich wollten es uns gerade nach dem ausgiebigen Festmahl mit einem Kräuterschnaps und einem Espresso in unseren Liegestühlen bequem machen, als Jupp mit seinem Angelparktransporter auf den Stellplatz fuhr.

>>Da komm ich ja jerade recht. Schnäpschen nehm ich auch<<, sagte er und setzte sich auf die Bierbank neben uns.

>>Prösterchen. Ich han üsch och jet mitjebracht.<< Je mehr Kräuterschnaps Jupp trank, umso weniger Hochdeutsch sprach er. Das war nun sein vierter.

>>Was denn?<<, fragte Maja.

>>Drei Saiblinge, hüt frisch jefange. Han isch och schon ausjenommen.<<

>>Spitze, vielen Dank. Dann steht das Essen für morgen

ja schon fest<<, freute ich mich und goß uns nochmals nach.

>>Oh, dat is aber min letzter. Morjen is früh Tach.<<

<<Du fährst jetzt aber nicht mehr, oder?<<, fragte ihn Maja.

>>Ne, ne. Min Hotell is umme Eck. Isch jon tofoß<<, antwortete Jupp und machte sich freudig pfeifend auf den Weg zu seinem Hotel.

>>Wir lassen aber alles so stehen und räumen morgen auf, oder?!<<, flüsterte Maja mir ins Ohr und zog mich in den Bus.

>>Unbedingt!<<, antwortete ich.

Im Bus war es mucksmäuschen still. Doch kurz bevor wir die Schlafzimmertüre hinter uns schließen wollten, kam Loreena zu uns.

>>Pauls Zug ist ausgefallen. Jetzt hat er Angst, daß er den Anschluß in Mannheim nicht bekommt.<<

>>Ja, ja, die deutsche Bahn...<<, meinte ich.

>>Dann nimmt der halt den nächsten. Wir haben es ja morgen nicht eilig>>, beruhigte Maja sie und fügte hinzu:

>>Kannst du jetzt sowieso nichts machen. Leg dich mal schlafen.<<

Zähneknirschend ging Loreena zurück in ihre Koje.

>>Was machen die eigentlich, wenn wirklich mal ein Problem auftaucht?<<, fragte Maja mich und schloß die Schlafzimmertüre hinter uns.

Tag Fünf - Der verlorene Sohn

Ein aufgeregtes Klopfen weckte uns am nächsten morgen. Es war noch dämmrig, als ich hochschrak. Mein erster Blick ging zur Uhr.

>>Halb sieben!?<<, sagte ich zu Maja, die ihre Augen auch gerade aufgerissen hatte.

>>Gehts noch. Was ist denn?<<, sagte sie. Das Klopfen hörte auf und Loreenas Stimme war hinter der Türe zu hören:

>>Sorry, darf ich reinkommen?<<

Ich öffnete die Türe und sah eine völlig aufgeregte Loreena vor mir stehen.

>>Jetzt bin ich aber mal gespannt, was los ist!<<

>>Paul hat sich gemeldet.<<

>>Ja?<<

>>Der hat in Mannheim einen anderen Zug genommen. Der war schon um kurz nach fünf in München und steigt gerade in den Zug nach Salzburg.<<

>>So, So!<<

>>Der ist also schon bald in Rosenheim. Warte...<< Loreena schaute auf ihr Handy.

>>...um viertel vor acht.<<

>>Und jetzt?<<

>>Ja...Wir müssen den doch abholen!<<

>>Machen wir doch auch.<<

>>Müssen wir dann nicht los?<<

>>Lass mal kurz überlegen...<< Ich faste mir übertrieben mit dem rechten Zeigefinger an meine Schläfe.

>>Nein!<<

Verdutzt schaute mich Loreena an. Nach einer für Loreena viel zu langen Pause, erlöste ich sie:

>>Wir brauchen ungefähr zwanzig Minuten von hier bis zum Rosenheimer Bahnhof. Und das verrückte an der Sache ist, wenn Paul dort ankommt, steigt er aus und

kann tatsächlich auf uns warten.<<

>>Oh ja stimmt. Ich kann es halt kaum erwarten...! Sorry.<<

>>Macht ja nix. Wir trinken jetzt einen Kaffee und machen uns dann auf den Weg.<<

Leider wurde durch diese Szenerie der Rest der Busbesatzung auch wach, wodurch an ein entspanntes Kaffeetrinken im Bus nicht mehr zu denken war. Also setzten Maja und ich uns draußen auf die Bierbank, die herrlich in der aufgehenden Sonne stand und tranken dort unseren Kaffee. Doch auch hier war es mit der Ruhe schnell vorbei.

>>Morgen, die Herrschaften!<<, begrüßte uns Jupp, der sich von hinten angeschlichen hatte.

>>AH! Hast du mich erschreckt!<< kreischte Maja.

>>Sorry. Ich dachtens ihr schlaft noch all. Ich wollt nur schnell dat Auto holen.<<

>>Wir müssen früh los, damit das Junge Glück sich endlich in die Arme fallen kann<<, erklärte ich ihm.

Jupp schaute ein wenig irritiert, fragte aber nicht weiter nach.

>>Ihr macht dat schon. Auf jeden Fall wünsch ich üsch noch ne schöne Reise. Kommt mal im Angelpark rum, wenn ihr wieder zurück seid.<<

>>Machen wir bestimmt!<<, antwortete ihm Maja und drückte ihn zum Abschied.

Nachdem er vom Stellplatz gefahren war, räumten wir unsere Bierzeltgarnitur zurück in das Gepäckfach und machten den Bus abfahrtsbereit.

Der Rosenheimer Bahnhof war eine einzige Baustelle. Eigentlich hatten wir uns mit Paul vor dem Haupteingang verabredet. Dort war jedoch die Strasse gesperrt. Also fuhren wir erstmal am Bahnhof vorbei. Loreena stand aufgeregt zwischen den beiden Vordersitzen und stellte unaufhörsam Fragen, die sie selbst, oder wir auch nicht beantworten konnten.

Wir umrundeten den Bahnhof einmal. Als wir das zweite mal am Haupteingang vorbeikamen, setzte ich den Blinker und bog illegalerweise in die gesperrte Straße ab.

>>Bist du verrückt?<<, fragte Maja.

>>Wieso, für Linienverkehr ist doch frei...!<<, verteidigte ich mein Handeln.

>>Welche Linie sind wir denn?<<

>>Vier, von Rosenheim nach Kroatien!<<, sagte ich wie selbstverständlich und stoppte den Bus an einer der vielen Haltebuchten. Von Paul war weit und breit nichts zu sehen. Stattdessen standen zwei ältere Herrschaften vor unserer Vordertüre.

>>Ist das der Bus zum Chiemsee?<<, fragte der Kleinere der beiden. Er trug einen typischen grünen Wanderhut und dazu die passende Trachtenjacke. Sein Begleiter war ähnlich ausgerüstet.

>>Kommt darauf an. Wir fahren schon am Chiemsee vorbei<<, antwortete ich grinsend.

>>Vorne ist wohl besetzt<<, sagte der andere zu Maja und Willi, während er hinter seinem Begleiter in den Bus stieg. Doch da dieser abrupt stoppte stieß er mit seinem Kopf gegen den Rucksack des Vorgängers.

>>Was ist denn?<<

>>Ich glaube wir sind hier falsch!<<

>>Wieso?<<, erst jetzt sah auch der Hintere, an seinem Vordermann vorbei ins Innere des Busse.

>>Oh. Wohl doch der falsche Bus. Aber super ausgebaut!<<

>>Vielen Dank. Wir können euch aber gerne bis zum Chiemsee mitnehmen<<, sagte ich halb zum Spaß und halb ernst.

>>Das Angebot nehmen wir gerne an.<<

Jetzt war ICH verdutzt. Doch die zwei machten sich schon auf den Weg zu den hinteren Sitzplätzen.

>>Jetzt mußt du das auch durchziehen<<, sagte Maja und lachte sich kaputt. In diesem Moment kam Paul durch die Türe. Loreena, die immer noch irritiert ob der zwei Wandersleute war, realisierte erst spät, daß ihr Herzbube endlich da war. Doch dann war die Freude groß.

Die zwei waren erst durch das Hupen des hinter uns ankommenden Linienbusses zu trennen.

>>Geht mal nach hinten durch. Wir müssen wohl Platz

für den richtigen Bus nach Rosenheim machen.<<

>>Muß ich nicht verstehen, oder?<<, fragte Paul während ich die Türen schloß und aus der Haltebucht fuhr.

Auf der Landstrasse Richtung Prien am Chiemsee nahm ich das Bordmikrofon zur Hand und begrüßte zuerst den verlorenen Sohn und dann unsere zwei Überraschungsgäste.

>>..FÜR DAS LEIBLICHE WOHL WIRD SELBSTVER-STÄNDLICH AUCH GESORGT. JETZT BRAUCHEN WIR NUR NOCH DAS GENAUE ZIEL AM SEE. ODER WOLLEN SIE MIT NACH KROATIEN?<<

Anstatt einer Antwort hörte ich nur Gelächter. Der Kleinere der beiden kam schließlich nach vorne und sagte zu uns:

>>Der Schiffsanleger zur Herreninsel wäre perfekt. Da treffen wir uns mit unseren Frauen.<<

>>Selbstverständlich!<<, bestätigte ich fröhlich.

Nicht nur die besseren Hälften der beiden staunten nicht schlecht, als wir genau vor dem Schiffsanleger zum Stehen kamen. Unsere Gäste genossen die Aufmerksamkeit und stiegen freudig aus dem Bus. Im Vorbeigehen drückte der Kleinere Maja noch einen Fünfzigeuroschein in die Hand.

>>Das war mit Abstand das schönste Erlebnis in diesem Urlaub. Vielen Dank. Da könnt ihr der Meute ein Eis von kaufen und dabei an uns denken.<<

Maja, die nicht wußte, was sie sagen sollte, hatte gar keine Gelegenheit mehr für irgend einen Einwand. Denn so schnell wie die Zwei gekommen waren, so schnell waren sie auch wieder auf der Fähre Richtung Herren-Chiemsee verschwunden.

>>Vielleicht sollten wir uns als Event-Reiseunternehmen selbstständig machen. Bei dem Stundenlohn...<<, schlug ich vor.

Als wir endlich auf der Autobahn waren, erzählte Paul

uns ausführlich von seiner Jungenstour. Und weil er in der Nacht kaum geschlafen hatte verzog er sich anschließend in seine Koje.

Er wachte erst wieder auf, als wir schon weit hinter der österreichischen Grenze waren. Ich steuerte den Bus gerade auf die Raststätte am Tauerntunnel.

>>Jetzt brauche ich was zu essen. Wo sind wir denn?<<, sagte er als er aus seiner Koje kroch.

>>Auf Zwölfhundert Metern<<, antwortete ich.

Nach einer ausgiebigen Rast verschwanden wir in der Röhre des Tauerntunnels um die Alpen zu überwinden. Auf der anderen Seite spürte man direkt das mediterane Klima. Weil es schon spät war entschlossen wir uns die Nacht noch in Kärnten zu verbringen. Wir wählten einen Rastplatz bei Villach, der weit ab von der Fahrbahn war und so die nötige Ruhe für die Nacht bot. Wir hatten sogar genug Platz, um unsere Bierzeltgarnitur aufzubauen. Wir ließen uns Jupps Saiblinge schmecken und saßen noch bis weit nach Sonnenuntergang zusammen. Bis auf Paul und Loreena, die wohl noch etwas nachzuholen hatten.

Tag Sechs - Grenzdebil

>>Wir sollten noch die Abwassertanks leeren, bevor wir auf den Campingplatz fahren<<, sagte Maja zu mir, während wir über die sündhaft teure slowenische Autobahn fuhren. Wir waren am Morgen früh von startenden LKW Motoren neben uns geweckt worden und hatten uns dementsprechend zeitig wieder auf den Weg gemacht. Auch, weil wir unser Ziel in Kroatien noch vor der Mittagssonne erreichen wollten. Wir hatten es jetzt schon weit über fünfundzwanzig Grad und es war nicht einmal zehn Uhr.

>>Ich glaube kurz vor der kroatischen Grenze ist noch ein großer Wohnmobilstellplatz mit Entsorgung<<, antwortete ich ihr.
>>Ich such den mal im Stellplatzführer!<<

Und tatsächlich wurde sie in Kopa, einer mittelgroßen

Hafenstadt unweit der kroatischen Grenze entfernt, fündig. Wir gaben das neue Zwischenziel in unser Navigationsgerät ein und keine halbe Stunde später führte uns dieses von der Hauptstraße ab in Richtung eines riesigen Gewerbegebietes direkt am Meer.

Der Stellplatz war relativ gut beschildert und schon standen wir vor einer Schranke. Ein Schild wies die Preise für die Übernachtung auf diesem Stellplatz aus.

>>Nur zum entleeren müssen wir jetzt achtzehn Euro zahlen?!<<, beschwerte sich Maja.

>>Wir fahren jetzt erstmal da rein und sehen dann, wie wir wieder raus kommen<<, schlug ich vor.

Die Entsorgungsstelle war ideal für unsere Zwecke. Wir hatten genügend Platz um unsere Festtanks zu leeren. Auch den Frischwassertank konnten wir auffüllen. Als wir den Platz nach zwanzig Minuten wieder verlassen wollten zeigte uns das Display an der Ausfahrt tatsächlich an, dass wir noch achtzehn Euro zu zahlen hatten, bevor sich die Schranke öffnen sollte. Nach kurzer Überlegung viel uns auf, dass die Schranke an der

Einfahrt des Wohnmobilstellplatzes immer noch geöffnet war.

>>Wir fahren einfach dort wieder raus<<, erklärte ich während ich den Bus wendete.

>>Und wenn uns jemand entgegen kommt?<<

>>Dann muss der rückwärts fahren<<, bestimmte ich lächelnd.

Es kam uns niemand entgegen und so suchten wir im dichten Vormittagsverkehr von Kopa den Weg zurück zu unserer ursprünglichen Route.

Leider hatte unser Navigationsgerät andere Pläne als wir. Anstatt uns zurück zur Hauptstraße zu führen, wies es uns den Weg über kleine Landstraßen in Richtung der kroatischen Grenze. Beunruhigend dabei war, daß nach jedem Abzweig ein Verbotsschild für Fahrzeuge über siebeneinhalb Tonnen stand. Da sich aber die Einheimischen auch nicht besonders für die landes-eigene Beschilderung zu interessieren schien – wir fuhren gerade hinter einem Vierzigtonner-Tank-Laster mit slowenischem Kennzeichen her – folgten wir weiter unserem Navigationsgerät.

Zwischendurch konnten wir immer wieder einen Blick auf die parallel zu uns führende Hauptstrasse erhaschen. Auf dieser standen die Fahrzeuge dicht an dicht und kamen nur im Schneeckentempo vorwärts.

>>Ein Hoch auf unser Navi!<<, rief ich und freute mich, daß es bei uns so gut vorran ging. Die Strasse endete idealerweise direkt an einer Kreuzung vor der Grenze. Wir mussten nur links abbiegen und standen unmittelbar vor dem kleinen Grenzübergang. Netterweise überließen uns die Wartenden die Vorfahrt so daß nur noch zwei Fahrzeuge vor uns standen. Ich konnte erkennen, daß in dem kleinen Grenzhäuschen ein lustloser Bediensteter die Fahrzeuge ohne den Kopf zu heben durchwank. Als wir an der Reihe waren schaute dieser auch erst nicht auf. Nur die erlösende Handbewgung die uns den Weg freimachen sollte blieb aus. Die Sekunden verstrichen, aber nichts geschah. Plötzlich hob der Beamte langsam den Kopf und sah mir in die Augen. Ich konnte seinen Blick nicht deuten und reichte ihm lächelnd unsere Ausweise. Er verzog immer noch keine Miene, deutet

aber mit seiner rechten Hand an, daß wir zu warten hatten. Wie in Zeitlupe verließ er sein Häuschen und kam langsam zur Vordertüre. Mit mulmigem Gefühl betätigte ich den Türöffnungsknopf. Immer noch ausdruckslos betrat er den Bus. Das Erste, was er sah, war Willi. Dieser gluckste vor sich hin und machte das, was er bei Fremden häufig macht, er winkte mit seiner rechten Hand und sagte:

>>Heitie!<<

Ich meinte ein Blitzen in des Beamten Augen gesehen zu haben, doch so ganz deuten konnte ich die Situation immer noch nicht. Maja saß grinsend auf ihrem Sitz und sagte kein Wort, währenddessen kam er weiter auf mich zu und warf einen Blick in den hinteren Teil des Busses. Plötzlich änderte sich sein Gesichtsausdruck. Er spitzte die Lippen, öffnete weit seine Augen und nickte leicht. Dabei hob er seinen rechten Daumen anerkennend. Ich erwiderte seine Geste und schaute ihn dabei fragend an. Doch er verließ den Bus so schnell wie er gekommen war. Im Vorbeigehen tächelte er Willi, der immer noch freudige Geräusche von sich gab, mit seinem Zeigefinger kurz die Nase. Als er außerhalb des Busses stand, drehte er sich um und machte die von uns sehnlichst erwünschte Geste mit seiner Hand, daß wir passieren dürfen. Wir nickten dankend und fuhren langsam los. Erst als ich den Beamten im Rückspiegel sah, schloß ich die Türe. Das war der Startschuß für freudiges Gelächter. Alle im Bus plapperten durcheinander um die groteske Situation zu bewerten. Ich schaltete das Bordradio ein und legte die vorbereitete CD ein. Durch die Lautsprecher ertönte nun die Kroatische Nationalhymne. Hätten wir den Text gekannt, hätten wir alle lauthals mitgesungen.

Auf den restlichen Kilometer bis zu unserem Zielort, den Campingplatz am Kap Kamenjak, genossen wir die atemberaubende Landschaft während ich den Fahrtwind durch das geöffnete Fenster in den Haaren spürte.

Die letzte Hürde, die engen Gassen durch Premantura, die uns zum Campingplatz führen sollten, bewältigten wir mit bravur. Auch wenn es zwischendurch wirklich eng wurde. Maja meldete uns bei der staunenden

Rezeptionistin an und wir durften uns erst zu Fuß einen Platz aussuchen. Nach langer Überlegung entschieden wir uns für einen großen, gut erreichbaren Platz unter schattenspendenden Pinien oberhalb des Strandes. Von hier hatten wir durch die Bäume hindurch einen wunderschönen Blick auf das türkise Meer.

Es dauerte nur etwas mehr als eine Stunde, da stand unsere Burg. Den Pavillon mit Biergarnitur und Außenküche stellten wir direkt an die Hintertüre des Busses. Das Zelt für die Turteltäubchen bauten wir etwas entfernt, an die andere Seite unserer Parzelle auf. Als letztes stellte ich die Liegestühle so hin, daß wir die beste Aussicht von unserem Platz hatten. Während Loreena endlich ihre lang ersehnte Dusche aufsuchte, gingen Paul und Justus im nahliegendem Supermarkt nach kroatischen Kaltgetränken Ausschau halten. Da Willi gerade seinen Mittagsschlaf hielt, nahm Maja zwei Flaschen Bier aus der Kühlbox und mich an die Hand und sagte:

<<Wir müssen noch die Liegestuhlposition optimieren. Hilfst du mir?>>

<<Unbedingt!>>

Während wir so vor uns hin urlaubten, entschieden wir heute nicht mehr zu kochen und stattdessen die Campingplatz-Pizzeria zu probieren. Dadurch blieb noch Zeit uns im Meer zu erfrischen. Darauf hatten Elli und Oskar am sehnlichsten gewartet.

So machten wir uns am späten Nachmittag auf den Weg den besten Strand des Campingplatzes zu finden. Das Wasser war herrlich und selbst Willi hatte seine helle Freude. Da Justus und Oskar auch mit im Wasser waren konnten Maja, Willi und ich frühzeitig zum Bus zurück gehen. Maja wollte vor dem Essen noch Duschen und nahm Willi mit, der beim Duschen immer einen riesen Spaß hat.

Loreena, die wohl sehr hungrig war, bot an die Pizzen für die Meute zu holen. Ich nahm ihr Angebot dankend an, da ich noch mit Masha und Murphy zum Hundestrand gehen wollte.

Die Pizza war überraschend gut, so daß kaum ein Stück übrig blieb. Viel früher als erwartet vielen wir alle erschöpft ins Bett und schliefen den Schlaf der Gerechten.

Tag Sieben bis Tag Zehn - Endlich Urlaub

Am nächsten Tag machten wir das, was wir im Urlaub am liebsten machen: Garnichts! Garnichts stimmt natürlich nicht, denn man macht trotz Urlaub ganz schön viel. Besonders mit Kindern. Aber der wesentliche Unterschied zum Alltag zuhause ist Zeit! Man hat keinen Termindruck und deswegen ist es keine Last zu Spülen, Einkaufen zu gehen oder zu kochen. Im Gegenteil im Urlaub macht es Spaß. Ein klassischer Urlaubstag läuft bei uns so ab:

Jeder schläft solange er möchte, oder im Fall von Maja und mir solange es Willi zulässt. Dann trinken wir Kaffee. Dann trinken wir noch einen Kaffee und dann trinken wir noch einen Kaffee. Bei gutem Wetter wird vor dem Frühstück noch ins Meer gesprungen. Das ist nicht nur erweckend, das ist die schönste Zeit, denn am Meer ist meistens wenig los und die Temperatur ist auch noch angenehm. Danach meldet sich der leere Magen und so wird meist ausgiebig gefrühstückt. Jetzt kommt die schönste Zeit. Im Liegestuhl lesen, dösen oder einfach den Lieben Gott einen guten Mann sein lassen. Am Nachmittag gehen wir meist nochmal Schwimmen. Diesmal ausgiebiger. Im Anschluß wird gekocht, um dann in aller Ruhe dem Tag dabei zuzusehen, wie er über den Abend zur Nacht wird. Zwischendurch geht man noch mit den Hunden und das wars. Klingt langweilig ist aber höchst erholsam.

So verbrachten wir die nächsten drei Tage. Man konnte förmlich fühlen, wie sich unsere Batterien wieder aufluden.

Da wir aber die eintausend Kilometer nicht nur zum Rumgammeln gefahren waren, beschlossen wir am vierten Tag die Umgebung zu erkunden. Maja, die die Gegend schon aus einem früheren Urlaub kannte, wollte uns unbedingt das ganze Naturschutzgebiet Kap Kamenjak, in dem wir eigentlich schon standen, zeigen. Von der spektakulären Steilküste am Zipfel der Halbinsel schwärmte sie schon vor unserer Abfahrt. Dies bedeutete aber auch, daß wir ungefähr fünf Kilometer zurücklegen mussten. Da der Weg jedoch durch Wälder und an immer wieder schönsten Buchten zum Baden vorbei führen sollte, entschlossen wir dorthin zu wandern. Wir bepackten Willis, zum Kinderwagen umgerüsteten Fahrradanhänger mit allem, was eine Familie mit vielen Kindern über den Tag so braucht und marschierten los. Die Wanderwege waren wirklich wunderschön, wenn nicht alle fünf Sekunden ein Auto an uns vorbei gefahren wäre. Es bleibt ein Rätsel, aus welchem Grund die einheimischen Behörden das Naturschutzgebiet für Autos freigegeben hatten. Nach einer halben Stunde Wandern durch Autoabgase und Pistenstaub bogen wir auf einen Trampelpfad ab, der uns zu einer Bucht führte. Da diese nur über jenen Trampelpfad, oder über das offene Meer erreichbar war, war es hier menschenleer. Wir hatten unsere Badesachen unter den wenigen Klamotten bereits angezogen, so daß wir direkt ins Meer rannten. Wir wuschen uns den Staub von den Körpern und erfrischten uns ausgiebig. Sogar Masha und Murphy, deren Zungen noch bis vor kurzem weit aus ihren Mäulern hingen, erwachten wieder zum Leben.

Schnell trocknete uns die Sonne und so machten wir uns

weiter auf den Weg zu unserem Ziel. Kurz vor den Klippen mußten wir erneut darauf achten, nicht von den zahlreichen Autos überfahren zu werden. Trotz aller Strapazen und den wirklich vielen Leuten hatte sich der Weg gelohnt. Die originell in die dichtbewachsenden Dünen gebaute Bar war jeden Schritt wert gewesen. Die Erbauer hatten sich wirklich Mühe gegeben. Die labyrinthartigen Wege boten immer wieder neue Überraschungen. Mal eine gemütliche Sitzgruppe aus einem alten Wagenrad mit Baumstämmen, mal ein Spielplatz mit Schiffschaukel. Für jeden etwas dabei. Und da die eisgekühlten Getränke wirklich zivile Preise hatten, genossen wir in einer der kreativen Sitzgruppen den Schatten. Perfekt um der Mittagssonne zu entfliehen. Dabei beobachteten wir die anderen Besucher. Viele schienen die Schönheit garnicht genießen zu können. Hektisch rannten sie durch das Labyrinth und lamentierten mit ihren Kindern.

Für uns sah das nicht nach Erholung aus.

Am frühen Nachmittag döste ich gerade mit Majas Sonnenhut vor den Augen vor mich hin, als mich Oskar anstieß, der gerade mit Elli von den Schiffsschaukeln zu unserem Tisch zurückkehrte.

>>Die springen von den Klippen ins Wasser!>>, sagte er
ganz aufgeregt und fügte hinzu:
>>Das will ich auch.<<

Lächelnd hob ich den Hut hoch und antwortete ihm:

>>Du kannst doch noch gar nicht richtig schwimmen und
willst dann aus zwanzig Metern ins Meer springen?<<
>>Ja!<<
>>Wir können uns das ja mal aus der Nähe ankucken
und dann sehen wir weiter<<, meinte Maja.

Wir packten unsere Sachen zusammen und gingen an
der Bar vorbei zu den Klippen. Hier war immer noch der
Teufel los. Wie an einer Perlenkette standen die mutigen
Klippenspringer an der Steilwand und warteten darauf,
endlich ihre Künste vorzuführen. Einer spektakulärer als
der andere sprang in das viel zu klein wirkende Becken,
das durch die Brandung natürlich in der Bucht
entstanden war.

Dutzende von Schaulustigen standen mit gezücktem Handy drum herum und bestaunten das Spektakel.

>>So, dann stell dich mal an<<, forderte ich Oskar auf, der mich mit offenem Mund garnicht zu hören schien.
Nur ein leises:

>>Vielleicht nächstes mal...<< war zu hören.
>>Und ihr?<<, fragte ich Loreena, Justus und Paul.
>>Vielleicht nächstes mal!<< So die Antwort unisono.
>>Frag erst garnicht!<<, sagte Maja als mein Blick auf sie viel.
>>Aber schwimmen würde ich trotzdem gerne<<, meinte Elli.
>>Aber nicht hier, oder? Sollen wir nicht noch mal so eine Bucht, wie heute Vormittag suchen?<<, schlug ich vor. Alle waren dafür und so machten wir uns auf den Weg zurück. Wieder über einen Trampelpfad erreichten wir eine noch schönere und einsamere Bucht. Die Hunde waren zu erst im Wasser. Der Rest folgte ihnen, bis auf Maja, die sich neben den mittagsschlafenden Willi legte.
Nach einer halben Stunde, als Willi immer noch schlief,

löste ich sie ab.

>>Heute kochen wir aber nicht mehr, oder?<<, fragte ich als die Meute erschöpft aus dem Wasser kam und sich auf die Handtücher warf.

Wir entschieden uns bei der Strandbude kurz vor unserem Campingplatz zu essen. Hier fanden wir einen Tisch mit Meerblick. Die hausgemachten Cevapcic vom Holzkohlegrill waren großartig. Wir bestellten eine große Platte mit Steinofenbrot, die wir mitten auf den Tisch stellten, so dass sich jeder nach Herzenslust bedienen konnte. Anschließend überzeugte uns das eiskalte Fassbier und die große Auswahl an Eissorten davon den Sonnenuntergang hier zu bestaunen.

Willi war bereits vor Erschöpfung in seinem Fahrrad-anhänger eingeschlafen, als wir im Dunklen zurück am Bus ankamen. Maja legte ihn behutsam in sein Bett, die Kinder verzogen sich in ihre Kojen und Loreena ging Duschen. Als Maja nach ein paar Minuten zurück zu mir nach draußen kam fragte ich:

>>Einen Absacker im Mondlicht?<<

>>Unbedingt!<<

Tag Elf - Papageientaucher

Da unser Lager so aufgebaut war, daß die Sonne erst gegen Nachmittag auf den Bus schien, konnten wir uns am nächsten Morgen von den Strapazen der gestrigen Wanderung erholen. Selbst Murphy und Masha schliefen bis in den Vormittag hinein. Das Zelt der zwei frisch Verliebten hingegen stand so, daß die Sonne schon am Morgen die Innenliegenden mit Licht und Wärme weckte. So nutzten die Beiden die Zeit, um − oh Wunder − zu Duschen und uns mit einem fürstlich gedeckten Frühstückstisch zu empfangen. Das morgendliche Schwimmritual fiel daher aus.

>>Fast wie im Hotel!<<, bemerkte Maja, als sie mit Willi auf dem Arm aus dem Bus trat.

>>Viel besser, will ich doch hoffen!<<, entgegnete Loreena lächelnd.

Während wir genüßlich unsere Baguettes mit allerlei

Leckereien verputzten, standen plötzlich zwei Herren im besten Alter vor unserem Bus. Durch ihre Unterhaltung vermutete ich, daß es sich bei diesen um Italiener handeln musste. Ich schenkte beiden ein kurzes Lächeln mit Kopfnicken und sonst keine weitere Beachtung. Denn seitdem wir hier auf dem Platz unser Quartier aufgeschlagen hatten, kamen immer wieder Busschaulustige, die meist nur kurz den Daumen hoben, ein Foto machten oder maximal zwei, drei Fragen stellten. Bei diesen beiden war schnell klar, daß es nicht bei Foto und Fragen bleiben sollte. Während der eine mit strammen Schritten weiter ging, stand der andere keine drei Sekunden später dierekt an unserem Tisch und fing auf italienisch an, auf uns einzureden. Eine der wenigen kurzen Redepausen nutzte ich um zu sagen:

>>Carbonara! E una Coca Cola!<<

Verdutzt schaute er mich an, um dann einen kurzen Moment später, weiter zu lamentieren. Wir verstanden kein einziges Wort.
Maja erlöste uns und meinte:

>English or German?<<

Doch auch darauf reagierte er nicht. Er deutete weiter auf unseren Bus und machte jetzt mit seinen Händen einen Fotoapparat nach.

>>Ah, Foto, Si!<<, gab ich ihm mit Händen und Füßen zu verstehen. Jetzt war er still und stand einfach nur so da. Doch bevor wir etwas sagen konnten, kehrte der andere zurück. Und das nicht alleine. Er hatte noch vier weitere Personen im Schlepptau, die alle wild durcheinander plapperten. Natürlich auch auf italienisch. Ich schaute mich am Tisch um, und sah nur fragend, amüsierte Gesichter. Willi machte seine übliche Handbewegung und sagte passend dazu:

>>Heiti!<<
Jetzt war die italienische Großfamilie nicht mehr zu halten:

>>OH. CIAO. BAMBINI.<<, quatschten sie durcheinander

bis Loreena sie mit einem lauten:

>>STOP!<< unterbrach. Plötzlich waren alle still! Bis auf Loreena, die weitersprach:

>>Wir wollen hier in Ruhe frühstücken! Entweder es spricht nur einer auf englisch oder deutsch oder sie verlassen augenblicklich unseren Platz!<< Fragende Gesichter starrten Loreena an. Ein etwa zwölfjähriger Junge trat nach vorne und sagte schüchtern:

>>Scusi. Meine Nonno nicht spreche ingles oder deutsch. Ische spreche wenig!<<

>>Dann sag uns mal, was ihr möchtet<<, sagte Maja sanft.

>>Die Busse schauen. Innen.<<

>>Sagt das doch gleich. Kein Problem. Am Besten ihr geht durch die hintere Türe hinein und vorne wieder raus<<, erklärte ich und ging vorraus wie ein Reiseleiter in Dubrovnik. Mir fehlte nur der Regenschirm. Als die Italienische Reisegesellschaft mit genügend Fotos und Informationen unseren Bus verlassen hatten, verabschiedeten sie sich überschwänglich und waren genauso schnell verschwunden, wie sie gekommen waren.

>>Alter! Was war das denn?<<, fragte Justus, der erst jetzt aus seiner Schockstarre erwachte.

>>Ein italienischer Bora!<<, erwiderte Paul in Anspielung an die, in Kroatien häufig vorkommenden tückischen Windboen, die plözlich auftreten, viel verwüsten, um dann wieder zu verschwinden.

Den Rest des Frühstücks amüsierten wir uns über den Überfall. Anschließend beschlossen Maja, Loreena, Oskar, Elli und ich ins nicht weit entfernte Premantura zu laufen, um die restlichen Besorgungen für Pauls morgigen Geburtstag einzukaufen.

Der Ort Premantura ist ein typisch nordkroatischer Ort, der das Glück hatte direkt am Meer zu liegen. Das ursprüngliche, idyllische Örtchen war an manchen Stellen noch zu erkennen. Der dominierende Teil, der durch den explodierenden Tourismus der letzten Jahre entstanden war, prägte jedoch das Ortsbild. Jede noch so kleine Nische wurde genutzt um den finanzkräftigen Besuchern auf jede kreative Art das Geld aus der Tasche zu ziehen. So mußten auch wir, Dank der Kinder in jedem

Souvenirshop nach den ein oder anderen Strand- oder Wasserspielen Ausschau halten. Und da natürlich auch an einer der unzähligen Eisbuden ein Eis gekauft werden musste, kamen wir erst kurz vor Ladenschluß am größten Supermarkt des Ortes an. Beim Betreten deutete uns eine der Verkäuferinnen mit einem Tipp ihres rechten Zeigefingers auf die, am linken Arm nicht vorhandene Uhr an, daß wir uns zu beeilen hatten. Viel brauchten wir eh nicht, sodass wir uns auffteilten um schnell einen Kuchen, neunzehn Kerzen und das Wichtigste - eine Flasche Sliwowitz - zu kaufen. Schnell wurden alle fündig und so legten wir die Waren auf das Band an der Kasse. Als es ums Bezahlen ging, fragte mich Maja:

>>Hast du mein Portmonaie?<<
>>Ich glaube nicht!<<
>>Scheiße, das hatte ich doch gerade noch in
der Hand!<<
Maja wurde kreidebleich. Sie hatte immer die Urlaubs-kasse dabei. Und da wir nicht gewusst hatten, wo man überall hier in Kroatien mit Karte zahlen kann, war diese mit jeder Menge Bargeld bestückt.

Also wurde ich auch nervös.

>>Wann hattest du das denn zuletzt?<<
>>Ich glaube an der Eisdiele...<<
>>Dann gehe ich mal zurück und frag da nach<<, beschloß ich und wollte mich schon auf den Weg machen, als die Kassiererin im perfekten Deutsch fragte:

>>Hatte das Portemonaie eine Papageientaucher-stickerei.<<

Völlig irritiert schauten Maja und ich uns an. Nicht nur, daß die Frau wusste, daß Majas Portmonaie eine Bestickung hatte. Sie hatte auch noch erkannt, daß es sich hierbei um einen Papageientaucher anstatt, von den meisten angenommen, um einen Pinguin handelte. Strahlend sagte Maja:

>>Ja, aber woher wissen Sie das? Und warum sprechen Sie so gut deutsch?<<
>>Erst einmal bitte DU, sonst fühle ich mich so alt. Ich heiße Lucy und bin in Unna, in Deutschland geboren. Ich

helfe in der Hauptsaison hier im Supermarkt aus. Der gehört seit Jahren meinen Großeltern<<, erklärte sie.

>>Und woher kennst du einen Papageientaucher?<<, fragte Maja weiter und hatte ganz vergessen, daß sie ihr Portemonaie verloren hatte.

>>Papageientaucher sind meine Lieblingstiere.<<
>>Meine auch, deswegen habe ich auch mein Portemonaie damit bestickt.<<
>>Och voll schön. Das hätte ich auch gerne<<, schwärmte Lucy.
>>Kein Problem das kann ich dir.....<<
>>Entschuldigung, daß ich die Künstlerplauderei störe, aber wir suchen immer noch das Portemonaie!<<, unterbrach ich die ins Schwärmen gekommenen Damen.
>>Achso! Das ist hier unter der Kasse<<, sagte Lucy nebenbei.

Nachdem wir bezahlt hatten und Maja Lucy als Dankeschön zu uns zum Bus eingeladen hatte, gingen wir freundlich grüßend an der völlig entnervten Verkäuferin vorbei, die vorhin zur Eile geboten hatte. Freudig besuchten wir noch zwei der etlichen Souvenirshops, um die nötige Dekoration für Pauls Party zu besorgen.

>>Hoffentlich freut sich Paul morgen darüber!<<, meinte Loreena.

Tag Zwölf – Geburtstagsüberraschung I

Wir standen schon früh auf, damit wir unseren Pavillion für Pauls Geburtstagsfeier schmücken konnten. Schnell waren die Luftballons aufgeblasen und mit Luftschlangen an den Happy-Birthday-Girlanden befestigt.

>>Jetzt decken wir noch den Tisch und dann haben wir vielleicht noch Zeit, den Sonnenaufgang zu sehen. Falls Willi dann noch schläft<<, schlug Maja vor.
>>Spitzen Idee. Dann aber flott!<<, freute ich mich.

Willi schlief tatsächlich noch und so konnten wir auf die,

zum Campingplatz gehörende Halbinsel gehen, um der Sonne beim Aufgehen hinter den Küstenhügeln zuzusehen. Maja hatte zwei Becher voller Kaffee in den Händen und ich eine Decke und das Funkgerät, aus dem leises Schlafsäuseln von Willi zu hören war. Wir machten es uns auf einem großen Felsen bequem, schlugen die Decke um unsere Schultern und nippten engumschlungen an unseren Kaffeebechern. Wenige Augenblicke später war der erste rote Bogen der Sonne zu erkennen. Die nächsten Minuten taten wir garnichts, außer dieses wunderschöne Werk der Natur zu bewundern. Die Stille wurde durch Willis typisches Morgenglucksen aus dem Funkgerät unterbrochen.

>>Das war es mit der Idylle<<, sagte Maja und gab mir einen Kuss. Zurück am Bus holte ich Willi aus seinem Bettchen, während Maja die anderen Kinder im Bus weckte. Wir versammelten uns am Pavillion um Pauls Geburtstagskuchen mit Kerzen und Schokolinsen zu verzieren. Dann schlichen wir auf Zehenspitzen zum Eingang des Iglozeltes, aus dem gerade Loreena heraus kroch. Aus dem Inneren war Paul zu hören:

>>Wo willst du denn so früh hin?<<

>>Ich muss nur schnell auf die Toilette<<, antwortete Loreena ihm und deutete uns mit ihrem Zeigefinger auf ihren Lippen an, weiter mucksmäuschen still zu bleiben. Sie ging an eine der Gepäckklappen des Busses und holte die vorbereitet Gebutstagkrone heraus. Diese war liebevoll mit Gummibärchen und einer, aus Mäusespeck bestehenden Neunzehn verziert.

>>Jetzt kann es losgehen<<, sagte sie zurück am Zelt angekommen.

Maja zündete noch schnell die Kerzen an und Justus gab das Kommando zum singen:

>>Eins...Zwei...Drei...ZUM...<<
>>GEBURTSTAG VIEL GLÜCK...<<, sangen wir alle zusammen. Oskar öffnete den Reißverschluß des Zeltes aus dem uns Paul mit verschlafenen Augen ansah.
Als wir mit Singen fertig waren, streckte Maja ihm den Kuchen entgegen:

>>Auspusten!<<

Mit einem Atemzug erloschen alle Kerzen und die Umherstehende spendeten den nötigen Applaus.

Diesmal ließen wir uns das morgendliche Schwimmritual nicht entgehen. Beim anschließendem Frühstück öffneten wir eine Flasche Sekt und stießen auf Paul an. Ich wollte gerade Oskar nachschenken, als Lucy, die Kassiererin mit dem künstlerischen Auge um die Ecke kam.
Freudig begrüßte Maja sie:

>>Och, das ist ja schön. Wie hast du uns denn gefunden?<<
>>Ich hab nach einem großen Bus gefragt. Da gibt es ja hier nicht so viele.<<
>>Stimmt ich hatte ja gestern erzählt, daß wir mit einem Reisebus unterwegs sind<<, fiel es Maja ein.
>>Wer ist denn das Geburtstagskind?<<, fragte Lucy.
Paul gab sich zu erkennen und nahm Lucys Glückwünsche dankend entgegen.

>>Ich hab sogar ein Geschenk für dich, wenn ihr Lust habt<<, sagte sie weiter.

>>Geschenke sind super!<<, erwiderte Paul

>>Ist auch für euch alle.<<

>>Jetzt machst du es aber spannend. Möchtest du auch ein Gläschen Sekt?<<, fragte Maja.

>>Gerne!<<

Ich holte noch ein Sektglas aus dem Bus, schenkte ihr ein. Sie prostete Paul und uns zu und begann zu erzählen:

>>Also, ich habe mir heute frei genommen. Meine Eltern haben im Hafen ein Bötchen liegen. Da ich aber alleine nicht rausfahre und alle anderen, die in Frage kämen mit mir zu fahren wenig Zeit haben, würde es mich sehr freuen, wenn ihr meine Matrosen wäret...<<

>>Jaaaa!<<, schrieen Elli und Oskar.

>>Schöne Idee, aber passen wir denn alle auf das Boot? <<, fragte Paul.

>>Müsste passen. Dann packt eure Sachen. Am besten für den ganzen Tag. Proviant braucht ihr nicht, ist alles an Bord. Und dann treffen wir uns in einer Stunde unten

am Hafen. Einverstanden?<<

>>Unbedingt!<<, sagte ich.

Eine knappe Stunde später. Wir hatten schnell den Tisch abgeräumt und unsere Sachen gepackt - Loreena war noch schnell Duschen gewesen - betraten wir den Steg im Hafen von Premantura. Von diesem Hauptsteg gingen noch einmal mindestens ein Duzent weitere Stege ab, an denen zahllose, verschieden große Boote festgemacht waren. Es war unmöglich zu erkennen, welches Boot Lucy meinte.

Suchend schauten wir uns um.

>>Da, ganz hinten, das ist doch Lucy, die da winkt!<<, meinte Elli. Und tatsächlich war am Ende des vorletzten, linken Stegs Lucy, die mit beiden Armen winkte, zu erkennen. Als wir bei ihr angekommen waren, war die Entäuschung doch etwas da. Das angekündigte Bötchen war in der tat nicht mehr. Es war ein Holzboot mit Platz für circa zehn Personen mit einem Aussenbordmotor und einem Führerstand. Wir freuten uns trotzdem über die Einladung und gingen nach und nach an Bord.

>>Paul! Kannst du die Leine los machen und uns ein wenig abstoßen?<<, fragte Lucy, während sie den Motor anließ.

>>Ey, Ey, Käpt'n!<<, sagte er und tat, wie ihm aufgetragen. Langsam verließen wir den Hafen durch die kleine Lücke in der durch viele Felsen künstlich erschaffenen Wellenbrecherbegrenzung.

>>Wo fahren wir denn hin?<<, fragte Justus Lucy.

>>Wirst du schon sehen. Willst du mal steuern?<<

>>Oh ja, gerne!<<

Justus hatte seine helle Freude und steuerte das Boot hinaus auf die offene See.

>>Soll ich rechts oder links an der Luxusyacht vorbei fahren?<<, fragte er nach einer Weile und meinte das Boot, das genau vor uns lag und so aussah, als würde es direkt aus einem James Bond Film kommen.

>>Genau darauf zu!<<, kommandierte Lucy.

>>Das gibt bestimmt Ärger mit den Besitzern!<<, befürchtete Justus.

>>Ich glaube nicht. Der Besitzer sitzt nämlich direkt neben dir. Um genau zu sein, seine Frau!<<, sagte Lucy amüsiert.

>>Was, das ist doch ein Scherz!<<, sagte Maja von hinten.

>>Ich mach keine Scherze!<<, erwiderte Lucy scherzeshalber.

Während wir immer noch nicht glauben konnten, was Lucy da gerade gesagt hatte, übernahm sie wieder das Steuer um elegant längsseit an dem Luxuskahn festzumachen. Paul half ihr wieder beim Vertauen und schon konnten wir über eine herunterkurbelbaren Edelstahlleiter das Schiff betreten.

Immer noch sagte keiner was. Bis auf Lucy:

>>Jetzt macht mal die Münder wieder zu. Mein Mann hat durch ein bisschen Glück an der Börse einen Haufen Kohle gemacht. Der Nachteil ist, daß er diese wegen der ganzen Arbeit nicht ausgeben kann. Da hier meine Heimat ist fährt er die LUCIA, so heißt dieses Schiff, am Anfang des Sommers mit mir hier hin, bleibt eine Woche

und holt mich im September wieder ab. Und da das für mich alleine viel zu schade ist, habe ich euch eingeladen. So und jetzt zeig ich euch erst einmal alles!<<

Die LUCIA ließ keine Wünsche offen. Unter Deck gab es zwei Schlafzimmer, ein riesiges Bad mit Wanne und eine Kombüse, die man auch so in einem Drei-Sterne-Restaurant finden konnte. Das Highlight war jedoch der mindestens fünfzig Quadratmeter große Wohnbereich mit Leder-Loungesofa und Bar, vor der vier Barhocker aus Wurzelholz standen.

>>Bedient euch ruhig!<<, sagte Lucy im Vorbeigehen und zeigte auf den mannshohen Kühlschrank mit Glastüre, hinter der fast jedes Getränk zu erkennen war. Mir lief das Wasser im Munde zusammen. Über eine kleine Treppe gelangten wir auf das Sonnendeck mit Whirlpool.

>>Hier lässt es sich aushalten<<, meinte Lucy und ergänzte:
>>Und wenn einem zu warm wird, kann er hier über das

Sprungbrett, oder hier über die Wasserrutsche ins Meer springen oder rutschen!<< Sie zeigte nacheinander auf ein gefedertes Sprungbrett, welches elegant am Bug der LUCIA angebracht worden war und danach auf eine am Führestand entlang gehende, wie eine Schraube geschwungene Wasserrutsche.

Die Kinder waren ausser sich vor Freude. Doch bevor sie sich in ihr Unglück werfen konnten, bestand Maja bei den Nicht- und Schlechtschwimmenden auf Sicherheitsvorkehrungen.

>>Ich hab da was!<<, meinte Lucy und holte zwei Schwimm-Lernwesten aus einer wasserdichten Kiste.

>>Die müssten passen.<<

Und so verbrachten wir den ganzen Tag. Die Kinder sprangen, rutschten und schwommen bis zur Erschöpfung, während wir größeren es eher gemütlich angingen ließen. Wir probierten zwar auch die Wassereintrittsvorrichtungen aus, genossen aber vielmehr die Liegestühle und den Inhalt des Barkühlschrankes. Willi machte in einem der Schlafzimmer seinen Mittagsschlaf, als Maja Lucy fragte:

>>Die Betten sehen so unbenutzt aus. Schläfst du nicht hier?<<

>>Ne, ich schlafe bei meinen Großeltern. Das ist gemütlicher und nicht so einsam! Aber lass das nicht meinen Mann hören<<, grinste sie.

Am späten Nachmittag schlug Lucy vor, den Luxusliner zu verlassen. Sie wollte uns ihren Großeltern vorstellen. Wir willigten ein wenig wehmütig ein, da wir uns kaum von diesem Traumschiff verabschieden wollten.

>>Ihr könnt euch noch frisch machen, während ich alles abschließe und uns bei meinen Großeltern anmelde<<, schlug Lucy vor.

Knappe zwei Stunden später, die Sonne begann gerade wieder rot zuwerden, machte Paul das Beiboot an der altbekannten Stelle im Hafen fest. Lucy wies uns den Weg zu ihren Großeltern. Ein Fußweg von nicht einmal zehn Minuten führte uns in ein kleines Natursteinhaus oberhalb der Klippen. Es sah so aus, als wäre es in den Stein gehauen worden. Beim Anblick nahm mich Maja zur Seite und flsterte mir ins Ohr:

>>Wenn ich mich zwischen diesem Haus und der LUCIA entscheiden müsste, würde ich das Haus nehmen. So wunderschön.<<

>>Warum wundert mich das nicht?<<, sagte ich grinsend.

Lucys Großeltern waren wundervolle Gastgeber. Lucys Opa grillte auf einem selbstgebauten Holzkohlegrill den besten Fisch, den wir je gegessen hatte. Dazu gab es selbstgebackenes Brot der Oma und frischen Salat mit Essig und Öl. Der eiskalte Weißwein, den Lucy aus dem Keller holte rundete das Festmahl perfekt ab. Zum Abschluß tranken wir den besten Sliwowitz, den es wohl in ganz Kroatien gab. Bis weit nach Mitternacht saßen wir auf der großzügigen Terasse und genoßen den lauen Abendwind mit Blick auf die kroatische Adria.

Wir verabschiedeten uns bei Lucy und ihren Großeltern mit der Bitte, daß sie uns am Bus oder Zuhause in Deutschland besuchen müssen, damit wir wenigstens ein bißchen für diesen unvergesslichen Tag zurückgeben konnten. Lucy antwortete nur:

>>Maja kann mir ja einen Papageientaucher auf mein Portemonaie sticken!<<
>>Das sowieso!<<, versprach Maja.

Tag Dreizehn - Unwetter

Es war fast sieben Uhr als mich prasselnder Regen, der auf das Busdach trommelte weckte. Ich war augenblicklich hellwach. Regen war doch garnicht angesagt gewesen. Deswegen hatten wir vor dem Schlafengehen auch nicht darauf geachtet, unseren Außenbereich witterungsfest zu machen. Ich dachte als erstes an unseren Pavillion. Auch der Grill, die Liegestühle, die Gummitiere lagen alle lose umher. Und da es nicht nur aus Kübeln goß, sondern auch stürmte, machte ich mich auf, nach dem Rechten zusehen. Als ich aus dem Schlafzimmer trat, klopfte es schon wie wild an unsere hintere Bustüre. Loreena und Paul standen triefend nass davor und baten um Einlass. Ich reichte ihnen erst einml ein Handtuch, um dann an ihnen vorbei nach draußen zu gehen, um mir das Elend anzusehen. Als erstes flog ein Einhorn an mir vorbei, gefolgt von unserer Strandmuschel. Vom Pavillion war weit und breit nichts zu sehen. Ich beschloss zurück in den Bus zu gehen, um auf das Ende des Unwetters zu warten, das sich am Horizont durch leichte Sonnenstrahlen ankündigte. Ich schloß die Bustüre hinter mir und schaute mir das Wetterschauspiel durch die Fensterscheiben weiter an. Wenigstens standen Grill und Außenküche noch an ihren Plätzen. Eine halbe Stunde und zwei Tassen Kaffee später war der Spuk vorbei und die Sonne schien wieder, als wäre nichts gewesen. Ein Blick auf die umliegenden Plätze verriet uns, daß wir wohl noch Glück gehabt hatten. Eine Schneise der Verwüstung zog sich über den kompletten Campingplatz. Teilweise waren sogar kleine Bäume umgekippt.

>>Ich guck mal, ob irgendwer Hilfe braucht!<<, sagte ich und ging die umliegenden Plätze ab. Verletzte oder große Schäden konnte ich nicht erkennen. Ich half einem Wohnwagenbesitzer seine Deichsel von einem Ast zu befreien und einer VW-Bus Fahrerin ihre Markise zurück

zubiegen, so dass sie sie wenigsten wieder einfahren konnte. Danach räumten wir unseren Platz weitestgehend auf. Die nassen Sachen hingen wir an Wäscheleine und -Ständer, die restlichen Sachen so, daß sie zum Trocknen in der Sonne standen. Nur von unserem Pavillion fehlte weiterhin jede Spur. Da wir durch die Aufräumarbeiten ganz schön ins Schwitzen kamen, beschlossen wir trotz allem Chaos' im Meer schwimmen zu gehen. Doch die gestern noch so traumhaft anmutigende, türkise Adria hatte sich in den letzten Stunden in einen Herbststurm-Atlantik verwandelt. Grau, wild und schaumig erwartet sie uns. Und selbst, wenn uns das Aussehen und die hohen Wellen nichts ausgemacht hätten, wäre aufgrund des Treibgutes, welches überall rumlag und weiterhin angespüllt wurde, an ein abkühlendes Bad nicht zu denken. Stattdessen wollten wir duschen. Doch das war auch nicht möglich, da durch den Sturm auch die Wasserversorgung unterbrochen war. Sehr zum Unmut von Loreena. Auch der kleine Campingplatzsupermarkt hatte geschlossen, sodass wir uns mit Müsli zum Frühstück versorgten. Den Rest des Vormittags verbrachten wir mit

Abwarten. Maja versuchte Lucy zu erreichen. Sie hatten gestern Handynummern ausgetauscht, doch das Mobilfunknetz schien auch ausgefallen zu sein.

>>Da ging es wohl richtig rund<<, sagte ich als mir auffiel, daß sogar der Strom weg war. Da unsere Bordbatterien ziemlich voll waren merkten wir dies erst jetzt.

>>Ich geh jetzt mal mit den Hunden. Die werden schon unruhig<<, meinte Maja.
>>Ich komm mit<<, schlug ich vor. Wir packten Willi in den Fahrradanhänger und drehten eine Runde über den Campingplatz. Die meisten Camper schienen das Unwetter mit Humor genommen zu haben. Der Platz war weitestgehend wieder geräumt und als wir am Hundestrand ankamen hatte sich sogar das Meer wieder beruhigt. Die ersten mutigen trauten sich schon wieder ins Wasser.

>>Guck mal da!<<, sagte Maja plötzlich und zeigte ein paar Meter den Strand entlang.

>>Das gibt's doch nicht!<<, sagte ich.

Vor uns lag umgedreht unser Pavillion am Strand. Wir erkannten ihn direkt an der HAPPY BIRTHDAY-Girlande, die uns entgegen strahlte.

>>Wie ist der denn hier hin gekommen?<<, fragte Maja.
>>Keine Ahnung. Hauptsache, wir haben ihn wieder<<

Mit dem zusammengeklappten Pavillion, den wir quer auf dem Fahrradanhänger verstauten, gingen wir zurück zum Bus.
Am späten Nachmittag, als plötzlich der Strom wieder funktionierte, applaudierte der ganze Campingplatz. Auch das Mobilfunknetz ging wieder, so dass Maja eine Nachricht von Lucy erhielt. Sie berichtet, daß wir hier in Premantura wohl noch gut davon gekommen waren. Das Auge des Boras war wohl fünfzig bis achtzig Kilometer weiter südlich. Dort waren die Menschen wohl nicht so glimpflich davon gekommen. Schwerverletzte oder gar Tote gab es dort anscheinend aber auch nicht. Erleichtert, daß wir mit einem blauen Auge davon

gekommen waren saßen wir abends zusammen, aßen erneut eine Pizza und tranken mit den umliegenden Nachbarn Pauls Geburtstags-Sliwowitz leer – und nicht nur den. Auf dem Platz herrschte eine regelrechte Volksfeststimmung.

Tag Vierzehn – Niemals reitet man so ganz

>>Wie wäre es, wenn wir schon früher abreisen und uns noch ein paar Tage in den Bergen gönnen?<<, fragte ich Maja nach dem Aufwachen.

>>Wie kommst du denn darauf?<<

>>Ich hab mal den Wetterbericht für die nächsten Tage nachgeschaut. Heute ist hier noch schön, aber ab morgen soll es gegen Abend gewittern und danach ist es auch eher unbeständig. In Kärnten ist es noch die ganze Woche schön.<<

>>Und wo willst du dahin?<<

>>An einen der zahlreichen Seen am Liebsten. Aber wir fragen erstmal die Kinder, ob die Lust haben.<<

Beim Frühstück stieß mein Vorschlag auf Begeisterung.

Vermutlich auch, weil allen noch der Schrecken des letzten Tages in den Gliedern saß.

>>Dann such ich mal was schönes raus<<, verkündete Maja.
>>Und ich pack schon mal langsam zusammen. Wir müssen ja nicht hetzen, bis Kärnten sind es ja nur zwei bis dreihundert Kilometer. Da können wir morgen ganz entspannt los.<<

Maja suchte drei infragekommende Plätze an verschiedenen kärntner Seen heraus, die anscheinend noch Platz für unsere Größe boten.

> Ihr habt die Wahl zwischen Faaker-, Osiacher- oder Weißensee><< sagte sie am Nachmittag, als wir zusammen Kaffee tranken.
Den meisten war es egal nur Elli meinte:

> Ich find Weißensee gut. Der hört sich am Hübschesten an.<<
> Dann halten wir den mal fest.<<

Da wir beschlossen hatten zum Abschied noch einmal Essen zu gehen, konnten wir auch schon Grill und Außenküche im 'Keller' des Busses verstauen. Ich prüfte noch Öl- und Kühlwasserstand des Motors und wollte zum Schluß noch schnell die Räder wieder zurück auf den Radständer montieren. Dabei fiel mir auf, daß dieser sehr verrust war. Da war doch was. Beim genaueren Hinsehen erkannte ich, daß die linke Leuchteinheit im Vergleich zur rechten völlig unförmig verschrumpelt war. Da hatte der Auspuff, wie kurz vor der Abfahrt vermutet, den kompletten linken Rückleuchtenblock verschmolzen. Maja, die gerade vorbeikam zeigte ich das Elend.

>>Gut, daß wir nicht Stefans sündhaft teuren Träger aus Vollkunststoff mitgenommen haben, der wäre jetzt ein überdimensionaler Flummi<<, sagte ich.

Wir entschieden beide Leuchteinheiten zu demontieren, so daß nur noch Metall am Ständer übrig blieb. Da die Rückleuchten des Busses rechts und links am Ständer vorbeileuchteten wurden wir selbst im Dunklen noch gut wahrgenommen.

>>Wo gehen wir denn essen?<<, fragte Paul als er sich triefend nass, aus dem Meer kommend auf sein Strandtuch fallen ließ. Nach dem Abbau wollten wir noch ein letztes mal ausgiebig schwimmen gehen. Heute war die Adria besonders erfrischend und machte uns so den Abschied schwerer, als wir zugeben wollten.

>>Ich habe gerade mit Lucy telefoniert. Sie wollte sich noch verabschieden. Und als ich sie nach einem Restauranttipp fragte, schlug sie vor uns zu begleiten<<, berichtete Maja

>>Und wohin gehen wir?<<, bohrte Paul weiter nach.

>>Das wollte sie nicht verraten. Wir sollen sie mal machen lassen...!<<

>>Spitze! Überraschungen kann sie ja...<<, sagte ich dösend, ohne meinen Kopf zu heben.

Pünktlich um halb sechs stand Lucy gestriegelt an unserem Bus, um uns abzuholen. Wir hatten uns auch alle, so gut es ging stadtfein gemacht. Loreena strahlte, da sie sich endlich fashionmäßig austoben konnte.

>>Hallo Lucy! Wo gehen wir denn hin?<<, fragte Oskar aufgeregt.

>>Lasst euch überraschen. Eins kann ich verraten, wir bleiben auf jeden Fall an Land!<<

Wir verließen den Campingplatz Richtung Premantura. Aber anstatt in den Ortskern zu marschieren führte uns Lucy über einen Trampelpfad Richtung Felsküste. Am Ende des Pfades war eine umzäunte Weide mit mehreren Eseln darauf.

>>Darf ich vorstellen? Meine entfernten Familienmitglieder!<<, verkündete Lucy.

>>Stimmt, jetzt erkenn ich die Ähnlichkeit. Die sind dir wie aus dem Gesicht geschnitten<<, prustet ich.

>>Sehr lustig. Das sind die Esel meines Onkels. Ich hoffe ihr könnt reiten?<<, sagte Lucy.

>>Das ist doch wohl ein Scherz!<<, protestierte Loreena.

>>Das schaffts du schon. Zieh einfach deine Pöms aus. Mit nackten Füssen lässt sich wunderbar reiten<<, beruhigte Lucy sie.

Skeptisch und völlig falsch für diesen Anlaß gekleidet besetzten wir neun Esel und ritten wie an einer Perlenkette hinter Lucys Esel her. Alle hatten einen eigenen Esel, bis auf Willi, der mit auf meinem am Schluß ritt.

Der Weg führte uns über Hügel und kleine Wäldchen ins Innland. Eine knappe Stunde später erkannten wir auf der nächsten Anhöhe eine kleine Ortschaft. Beim näheren Hinsehen war es eher ein großzügiger Bauernhof. Durch ein altes Steintor gelangten wir in den Innenhof. Hier war eine kleine Taverne zu bewundern. Liebevoll waren kleine Tische und Stühle drapiert. Abgerundet wurde das Ganze durch zwei, über dem Außenbereich gekreuzte Lichterketten mit gedämpften, warmen Licht. Nur etwa ein viertel der Tische war besetzt. In der Mitte war eine große Tafel gedeckt an der wir nach Aufforderung Lucys Platz nehmen sollten.

>>Das ist ja wundervoll hier!<< Nicht nur Maja war sichtlich begeistert.

Ein Kellner kam aus dem Bauernhaus und begrüßte Lucy

und uns überschwänglich in perfektem Deutsch. Die zwei flappsten auf kroatisch herum und Lucy stellte uns vor.

>>Das ist Mato. Wir sind zusammen in Unna zur Schule gegangen. Er ist dann nach dem Abitur zurück in die Heimat und hat aus diesem Bauernhof eine Pension mit guter kroatischer Küche gemacht. Ein Geheimtipp.<<

Eine Speisekarte gab es nicht. Wir ließen uns auf Matos Essensempfehlung ein und bereuten dies in keinsterweise. Als erstes gab es eine riesige Vorspeisen-platte mit Oliven, Käse, Schinken, fritiertem, mediteranem Gemüse und Steinofenbrot. Als Hauptgericht stellte Mato uns eine Platte mit Meeresfrüchten auf den Tisch. Dazu gab es eine Schale mit Salat und eine mit fritierten Kartoffelscheiben. Als die Kinder die Nase rümpften, ob des Anblicks der Meeresfrüchteplatte, kam Matos Frau aus dem Haus mit selbstgemachten Fischstäbchen. Der Jubel bei den kleinen war groß. Als Nachtisch gab es einen zuckersüßen aber sehr leckeren Kruskovec für die großen und selbstgemachtes Joghurteis für die kleinen. Wir hätten ewig hier sitzen können, doch wir mußten ja noch zurückreiten. Lucy und die Esel kannte den Weg wie ihre Westentasche und so kamen wir noch weit vor Mitternacht zurück an der Weide an. Die Esel waren froh, daß sie wieder grasen konnten. Den Fußmarsch zum Campingplatz erlebten nicht mehr alle wach. Willi, Oskar und Elli schliefen auf den Armen von Maja, Paul und mir schon nach den ersten Metern ein. Bei der Weggabelung nach Premantura verabschiedeten wir uns flüsternd von Lucy und bedankten uns ein weiters mal.

> War doch garnicht so schlimm, oder?<<, fragte Lucy Loreena, als sie sie zum Abschied in den Arm nahm.
> Im Gegenteil. Das war ein wunderschöner Urlaub bis jetzt. Und nicht zuletzt Dank dir. Vielen Dank. Und komm uns auf jeden Fall mal in Deutschland besuchen.<<
> Steht ganz oben auf meiner Liste<<, versprach Lucy und veschwand in der premanturischen Dunkelheit.

> Sollen wir Esel noch einen Absacker trinken?<<, fragte Paul Maja und mich, nachdem alle anderen in ihren Betten verschwunden waren.
> Unbedingt!<<, antworteten Maja und ich aus einem Munde!

!

Tag Fünfzehn – Der See ruft

>>Ich lass schonmal den Motor an, damit sich der Druck aufbaut.<< Nach langer Standzeit verliert unser Bus den Druck in den Ausgleichsbehältern. Über Luftdruck wird so gut wie alles gesteuert: Die Bremsen, die Türen und die Seitenklappen, die Federung und noch einiges mehr. Das hat den Nachteil, daß die ganzen Leitungen und Verbindungen mit der Zeit Druck verlieren können. Da der Betriebsdruck bei acht Bar liegt und die Feststellbremse sich erst bei knapp über sechs Bar löst, muß man den Motor nach langer Standzeit ungefähr fünf bis zehn Minuten laufen lassen, bevor man losfahren kann. Als Alternative kann man das System auch mit einem Kompressor fremdbefüllen. Das dauert zwar länger, ist aber leiser und viel abgasärmer, hat aber den Nachteil, daß man einen Kompressor mitführen muss. Den Platz dafür hatten wir für diesen Urlaub anderweitig nutzen müssen. Also drückte ich den Startknopf, nachdem ich überprüft hatte niemanden durch die

Abgaswolke, die beim Anlassen entsteht all zu sehr zu stören.

Trotz der längeren Standzeit sprang der Motor direkt an.

Während der Druck aufgebaut wurde, verstaute ich noch die restlichen Dinge in den Staufächern und machte den Bus abfahrtsbereit.

Als ich langsam Rückwärts auf den Hauptweg, der Richtung Rezeption führte steuerte, kamen immer mehr Leute von ihren Plätzen um uns zu sehen und für uns Spalier zu stehen. Ich erkannte die Dame mit der Markise, den Herren mit dem Ast auf der Deichsel und an der Weggabelung die komplette italienische Familie, die wild winkte. Beim Vorbeifahren, wir hatten die Vordertüre noch geöffnet rief ich laut:

>>CIAO!<< und betätigte mehrfach die 'böse' Hupe. Vor der Rezeption hielt ich an, damit Maja bezahlen konnte. Zeit für mich noch ein letztes mal auf diesem Campingplatz Fragen zum Bus zu beantworten.

Da heute Samstag war, herschte in Premantura mehr Verkehr als bei unserer Anreise. Das hatte zur Folge, daß wir fast eine halbe Stunde für einen Kilometer brauchten, weil entweder wir zwischendurch zurücksetzen mussten, oder der Gegenverkehr.

>>Oh nein. Ich befürchte Schlimmes<<, murmelte ich.

>>Was meinst du?<<, wollte Maja wissen.

>>Ich hatte garnicht auf dem Schirm, daß heute Samstag ist.<<

>>Und?<<

>>Freitag und Samstag ist in Kroatien Bettenwechsel. Also viel Verkehr.<<

>>Geht doch noch.<< Maja meinte wohl die fast leere Autobahn vor uns.

>>Noch.... Das Problem wird die Grenze sein...<<

Bis dahin waren es noch achtzig Kilometer. Vorher wollten wir noch die versprochenen Postkarten an die Lieben, die wir nach und nach in den letzten Tagen geschrieben hatten, einwerfen. Da es jedoch keine Ausfahrt mehr vor der Grenze gab, hielt ich an einem Rastplatz an. Hier war zwar kein Gebäude, geschweige denn eine Tankstelle zu finden, dafür aber eine kleine

Imbissbude mit einer jungen Frau als Verkäuferin darin. Ich nahm die Postkarten und unser restliches kroatisches Geld - umgerechnet ungefähr zehn Euro - stellte mich in die kurze Schlange und wartete, bis ich an der Reihe war.

>>Zdravo!<<, begrüßte ich sie
>>Zdravo! Zele?<<, fragte sie.
>>Do you speak english, or german?<<, fragte ich wiederum.
>>English a little bit...<<

Ich bat sie mit Händen und Füßen und mit all meinem Charme darum, die Karten irgendwann in den nächst besten Briefkasten zu werfen. Leider war die Dame sehr skeptisch und verneinte meine Bitte vehement. Auch der Lohn, der aus unserem restlichen kroatischen Geld bestand, konnte sie nicht überzeugen. So machten wir uns weiter mit der Post auf den Weg zur Grenze. Es waren jetzt noch sechs Kilometer zu fahren, als wir die ersten Bremslichter sahen. Ich sollte rechtbehalten. Über zwei Stunden brauchten wir bis das altbekannte

Grenzhäuschen endlich vor uns lag. Da durch den drohenden Wetterumbruch die Luft feucht und schwül war und die Sonne am Himmel brannte, stieg die Temperatur im Bus schnell an. Das wirklich einmalige Lüftungssystem in Setrabussen konnte nur bedingt dagegen halten, auch, weil es hauptsächlich bei Fahrtwinden seine Kunst beweisen kann. So lange wir Schrittgeschwindigkeit fuhren, konnten wir wenigstens die Türen offen lassen.

Als wir endlich vor dem Grenzbeamten standen - diesmal nicht der unterhaltsame Kroatische, sondern ein teilnahmsloser Slowenischer - hielt ich trotz Aufforderung zum Weiterfahren an und fragte ihn auf englisch, ob er unsere Postkarten in einen kroatischen Briefkasten werfen könne. Er verstand zwar jedes Wort, zeigte mir aber mit seinem rechten Zeigefinger einen Vogel. Danach öffnete er weit seine Augen und wies mich an schläunigst weiter zu fahren. Da ein Grenzbeamter in der Regel am längeren Hebel sitzt, fügte ich mich unserem Schicksal und überfuhr die kroatisch/slowenische Grenze.

>>Dann werfen wir die Karten halt in Österreich ein. Müssen wir eben noch andere Briefmarken kaufen<<, schlug ich vor und war froh, daß wir endlich eine freie Strecke vor uns hatten und der Fahrtwind wieder das Lüftungssystem unterstützen konnte.

An der österreichischen Grenze wurden wir schnell durchgewunken, sodaß wir schon am frühen Nachmittag die Tauernautobahn an der Abzweigung zum Weissensee verlassen konnten. Von hier waren es nur noch fünfunddreißig Kilometer bis zu unserem Ziel. Die hatten es jedoch in sich. Erst fuhren wir entspannt an der Drau, dem großen Fluß, der sich durch das Drautal schlängelt, entlang. Zwischendurch machten wir halt an einer der unzähligen Supermarktketten, um unsere Vorräte aufzufüllen. Doch das letzte Stück, über Serpentinen und Steigungen, teilweise über acht Prozent, verlangte dem Bus alles ab. Es war zwar durch die Höhe und die Alpenüberquerung wieder angenehm kühl und überhaupt nicht mehr schwül, doch der Asphalt war durch die Sonne weiterhin kochend heiß. Alles flimmerte, als wir im zweiten Gang bei eintausendfünfhundert Umdrehungen mit gerade mal zwanzig Kilometern pro Stunde den Berg zum Weißenseen hinaufkrochen. Der Bus hätte es auch schneller geschafft, aber gesund wäre es nicht und so stauten sich der Verkehr hinter uns beachtlich. Ich entschied auf halben Weg eine der Haltebuchten zu nutzen, um den schon auf mindestens zwei Dutzent Fahrzeuge angewachsenden Stau vorbei zu lassen. Doch auch der höchste Berg hat einen Gipfel und so kamen auch wir endlich am Westufer des Weißensees an. Ein Schotterweg durch Schilfgewächse führte uns zu einem versteckten Campingplatz. Ich parkte den Bus vor der liebevoll gestalteten Blockhütte, die als Rezeption diente. Maja stieg aus, um uns aunzumelden. Natürlich waren wir auch hier wieder die Hauptattraktion am Nachmittag.

>>Wir können uns in Ruhe einen Platz zufuß aussuchen und dann anmelden.<< Maja, Elli, Oskar und ich drehten eine Rund über den doch recht vollen Platz. Was uns direkt auffiel war, daß der Campingplatz keine Parzellen hatte, Die verschiedenen Ebenen sahen eher nach einem Festival aus, als einem spießigen Campingplatz.

Genau nach unserem Geschmack. Wir entschieden uns für einen freien Platz direkt am Wald mit Blick auf den See. Nur den Weg dorthin mußten wir uns mit dem Bus bahnen.

>>Da kommen wir lang?<<, fragte mich Maja ein weiteres mal skeptisch.
>>Bestimmt!<<

Und so steuerte ich, nachdem wir unsere Personalien an der Kasse hinterlassen hatten, den Bus zwischen Zelten, Wohnwagen und Wohnmobilen Richtung gewähltem Platz. Da es mittlerweile schon früher Abend war, bauten wir nur das Nötigste auf. Unter anderem das Zelt für Loreena und Paul und die Bierzeltgarnitur. Den Rest wollten wir anderntags in Ruhe erledigen.

Weil keiner richtig Lust auf Kochen hatte, holten wir an der Bude neben der Rezeption halbe Hähnchen mit Krautsalat. Während die Sonne viel früher als noch in Kroatien hinter den Bergen verschwand, sank die Temperatur beachtlich. Dies lag wohl auch an der Höhe.

Wir standen nun auf fast eintausend Metern über dem Meeresspiegel. Schnell holten wir uns Pullover und Jacken und saßen noch ein Weilchen zusammen, um uns auf eine knappe Woche Bergurlaub zu freuen.

Tag Sechzehn - Brückenspringer

>>Du gehst doch wohl jetzt nicht schwimmen?<<, fragte mich Maja, als ich mich, nur mit einer Badehose bekleidet und einem Handtuch um die Schultern aus dem Schlafzimmer schleichen wollte.

>>Quatsch. Ich wollte nur sehen, ob mir die Badehose noch passt<<, antwortete ich und schlüpfte wieder zurück unter die Decke, um ihr guten Morgen zu sagen...

>>Hier ist doch auch viel wärmer, als im See<<, freute sich Maja.

>>Der hat zweiundzwanzig Grad. Das muß ich überprüfen. Du kannst ja schonmal Kaffee kochen.<<, sagte ich eine halbe Stunde später...

Ich verließ den Bus und machte mich auf den Weg an die

campingplatzeigene Badestelle. Es war erst kurz nach sieben und somit war ich der Einzige am Steg. Dieser ragte gute fünfzehn Meter in den See und lud mich am Ende zu einem Sprung ins kühle Nass ein. Doch vorher genoß ich die atemberaubende Aussicht über die spiegelglatte Wasseroberfläche. In der Ferne konnte ich die Kirchturmspitze von Techendorf erkennen. Der größte Ort am See ist an der engsten Stelle entstanden, die durch eine Brücke verbunden wurde. Da mir langsam kalt wurde entschied ich mich die Oberflächenruhe des Sees zu beenden und sprang beherzt ins Wasser. Das Gefühl war unglaublich. Die Oberfläche war tatsächlich wärmer, als die Lufttemperatur. Darunter wurde es kühler. Aber nicht unangenehm. Ich machte zwei bis drei intensive Schwimmzüge um dann wieder aufzutauchen. Es war, als würde ich in Sprudelwasser baden. Kein Wunder, der Weissensee hat Trinkwasserqualität. Nachdem ich noch weitere drei mal in den See gesprungen war, machte ich mich auf den Rückweg. Ich fühlte mich wie neu geboren. Maja erwartete mich mit einer dampfenden Tasse Kaffee.

>>Ich zieh mir nur kurz was Trockenes an.<<

Danach berichtete ich ihr schwärmerisch von meinem Badeerlebnis und der Aussicht.

>>Vielleicht können wir ja nach dem Frühstück in den Ort laufen<<, schlug sie vor.

Und so machten wir uns am späten Vormittag mit Elli, Oskar, Willi und den beiden Hunden auf den Weg ins Dorf. Je näher wir dem Westufer kamen, desto schöner wurde der See und vor allem die Wasserfarbe. Da die Seetiefe Richtung Westen stetig steigt wird auch die Wasserfarbe immer intensiver türkis. Nur an den Uferstellen war das Wasser durch den feinen hellen Sand nahezu weiß. Hierher hat der See auch seinen Namen. Im Ort angekommen gingen wir zuerst auf die Brückenmitte um die ganze Schönheit des Sees zu bestaunen. War er bei uns am Campingplatz bereits schön, so war er spätestens ab hier märchenhaft.

>>Ab hier kann man auch mit dem Boot fahren<<, sagte Maja.

>>Au ja, das müssen wir machen!<<, sagte Oskar.

>>Können wir machen. Aber nur, wenn du von der Brücke in den See springst!<<, sagte ich spasseshalber.

>>Wenn du zuerst springst...<<, so seine direkte Antwort.

>>Oh nein...<<, hörte ich Maja sagen, während ich mein T-Shirt auszog.

Nur in Boxershorts kletterte ich an der höchsten Stelle über das Geländer der Brücke. Wir befanden uns ungefähr sechs Meter über der Wasseroberfläche. Ich hielt mich mit Blick Richtung Wasser am Geländer fest und sagte zu Oskar:

>>Wettschulden sind Ehrenschulden!<<

Dann ließ ich das Geländer los und machte einen großen Schritt nach vorn. Nach einer gefühlten Ewigkeit berührten meine Füße das Wasser und ich tauchte ein. Der Sprung heute morgen war schon grandios gewesen, aber dieser war nochmal erquickender. Nicht zuletzt wegen der gestiegenen Lufttermperatur, die mitlerweile bei knapp dreißig Grad angekommen war. Als ich wieder auftauchte konnte ich mir einen Jubelschrei nicht verkneifen. Bei meinem Blick nach oben, stellte ich fest, daß sich mehrer Schaulustige versammelt hatten. Die ersten begannen sich auch einsprungbereit zu machen. Ich schwamm zum Ufer, um aus dem Wasser zu klettern. Maja und die Anderen erwartete mich schon freudig. Von Oskar war weit und breit nichts zu sehen.

>>Wo ist der denn? Muffensausen?<<, fragte ich Maja.
>>Dann kuck mal zur Brücke<<, antwortet Maja.
Und ehe ich mich versah, kletterte der kleine Kerl, der gerade Schwimmen konnte über das Geländer. Ich schwamm zurück zu der Stelle, wo er eintauchen würde und rief zu ihm hoch:

>>Wir fahren auch so mit dem Boot. Du mußt nicht springen.<<

Sichtlich erleichtert kletterte er zurück und rannte zu den anderen ans Ufer. Als ich abermals aus dem Wasser stieg, empfingen mich die anderen mit einem Eis, daß sie am Brückenkiosk gekauft hatten. Als die Nachmittagssonne meine Boxershorts getrocknet hatte, machten wir uns langsam auf den Rückweg zum Campingplatz. Auf halbem Weg kamen wir bei einem Gartenrestaurant vorbei, welches laut Beschilderung nur an schönen Tagen geöffnet hatte. Dort genossen wir Bier und Cola und die Hunde erfrischten sich im See.

Wir erreichten den Bus, als die Sonne schon rot wurde. Loreena und Paul hatten schon alles für unseren Grillabend vorbereitet und unterhielten sich gerade mit unseren neuen Nachbarn, die dabei waren ihr Lager aufzubauen. Es waren fünf Jungs die durch eine lange Fahrt und den anschließenden Alkohol schon sichtlich gezeichnet waren. Außerdem schienen sie leicht überfordert mit ihrem Campingzubehör. Während der Grill anheizte, halfen Paul, Justus und ich der Truppe beim Aufbau.

>>Da geben wir gleich mal einen aus. Vielen Dank!<<, versprachen sie, als wir uns verabschiedeten.

Dass daraus an diesem Abend nichts mehr werden würde, entnahmen wir den zu uns dringenden Schnarch-geräuschen. So mußten wir den Abend zwangsläufig bei einem Glas von unserem Zweigelt ausklingen lassen, was nicht die schlechteste Alternative war.

Tag Siebzehn - Felsenspringer

Versprochen ist versprochen. Demnach standen wir am nächsten Morgen etwas früher auf, um das erste Boot über den Weissensee nicht zu verpassen. Eine gute dreiviertel Stunde Fußmarsch mit eingerechnet. Wir waren die Ersten am Anleger, als sich die Türen des Ausflugsschiffes öffneten. Wir hatten sogar noch Zeit gehabt im Ortssupermarkt Proviant zu kaufen.
Kurz nachdem wir abgelegt hatten kam der Kassiermatrose, um unsere Fahrt abzurechnen.

>>Wir würden gerne eine Rundfahrt machen, aber zwischendurch aussteigen und ein Stück zu Fuss gehen. Geht das?<<, fragte Maja.
>>Klar. Dann empfehle ich euch bis zum Ronacherfels zu fahren. Da könnt ihr aussteigen und entweder bis zur kleinen Steinwand wandern oder sogar bis zum Dolomitenblick<<, erklärte der nette Matrose.
>>Und da können wir dann wieder zusteigen?<<

>>Ganz genau. Kostet alles das Gleiche. Ist halt die große Familienrundfahrt. Ihr solltet nur das Ticket nicht verlieren und das letzte Schiff verpassen.<<

>>Dann machen wir das so, oder?<< Maja schaute fragend in die Runde. Zustimmendes Nicken war die Antwort.

>>Wollt ihr denn auch etwas trinken?<<

>>Ne, das müssen wir uns erst verdienen...<<, warf ich ein.

Eine halbe Stunde fuhren wir im Zick Zack über den See. Hier wurde es immer einsamer und noch schöner. Das Wasser konnte locker mit dem, der Karibik mithalten. Kurz vor unserer geplanten Anlegestelle staunten wir nicht schlecht. Das Gasthaus am Roncherfels begrüßte uns schon aus der Ferne mit seiner liebevoll gestalteten Pracht. Der Anblick war grandios. Als hätte man zwei Filmplakate übereinander gelegt. Eins, von einer italienischer James Bond Kulisse und eins, aus einem sechziger Jahre Alpenheimatfilm.

Nachdem wir angelegt und ausgestiegen waren, konnten wir die ganzen liebevollen Details bewundern.

>>Hier möchte ich unbedingt mal übernachten!<<, flüsterte Maja mir in mein Ohr.

>>Vielleicht in unserer Flitterwochen?<<, fragte ich mit einem Grinsen im Gesicht.

Als Antwort bekam ich nur einen leichten Schlag auf meinen rechten Arm. Ich zog Maja immer wieder gerne mit unseren Flitterwochen auf, da sie darauf bestand, sollten wir irgendwann heiraten, verbringen wir unsere Hochzeitsreise in Cornwall.

>>So, habt ihr euch satt gesehen? Wir müssen ein Schiff erreichen!<<, holte uns Loreena zurück aus unserer Rosamunde Pilcher Welt.

>>Ja dann....alle mir nach!<<, rief ich und marschierte los.

Der Weg führte uns am See entlang. Mal etwas oberhalb und mal direkt am Ufer entlang, sodass Murphy und Masha immer wieder eine Planschpause einlegen konnten.

>>Wir wollen auch Schwimmen!<<, sagte Elli, als wir mal

wieder auf die Hunde warteten.

>>Ein bißchen gehen wir noch, dann können wir eine Pause machen<<, versprach ich.

Doch je weiter wir wanderten, um so höher führte der Weg uns vom Ufer weg. Da jedoch die Kinder müde wurden, entschieden wir uns eine Pause an einer Aussichtsplattform einzulegen. Hier erwartete uns ein Tisch mit zwei Bänken, die auf einen Felsen geschraubt wurden. Ein Geländer schützte die Rastenden vor dem Fall in den See.

Nach einer Weile fragte Paul:

>>Kann man hier nicht reinspringen?<<

Ich stand auf um die Gegebenheiten zu erkunden. Ein Blick über das Geländer verriet mir, daß das Wasser an dieser Stelle tief genug sein mußte. Ein Blick zurück zu Maja verriet mir, daß sie mich für total bescheuert hielt.

>>So Oskar. Jetzt kuck mal genau hin<<, sagte ich während ich mich bis auf meine Boxershorts auszog und über das Geländer kletterte. Paul machte es mir nach und so standen wir nebeneinander und fragten uns, wie wir den Absprung am besten schaffen sollten. Da der Fels, anders als die Brücke, nicht senkrecht herrunter ging mußten wir einen großen Schritt nach vorne machen, um nicht an einer der scharfen Kanten vorbei zu schrammen.

>>Ein Köpper wäre ideal<<, schlug ich vor. Doch dafür fehlte uns der Mut, da es gefühlt mindestens acht Meter bis zur Wasseroberfläche waren.

>>Ich spring zuerst und kuck, ob es Felsen unter Wasser gibt<<, beschloß ich. Und während ich von hinten aus Majas Mund:

>>Na super!<< hörte, sprang ich auch schon mit einem weiten Sprung nach vorne in das azurblaue Wasser.
Der Sprung von der Brücke war schon aufregend

gewesen, der hier war aber noch spektakulärer. Und so fiel auch mein Jubelschrei nach dem Auftauchen spektakulärer aus. Von unten ermutigte ich Paul zum Springen. Der lies sich nicht zweimal bitten und so schwammen wir beide zusammen am Ufer entlang um einen Ausstieg aus dem See zu finden. Wir entschieden uns für eine, natürliche Wurzeltreppe und hielten uns beim Aufstieg an ebendiesen fest. Als wir wieder oben bei den anderen waren, kletterten wir erneut über das Geländer. Kurz bevor ich springen wollte hörte ich von hinten:

>>Halt! Erst ich!<<

Ich drehte mich um als Maja, nur in Unterwäsche gekleidet über das Geländer kletterte. Sie hielt kurz meine Hand und sagte:

>>Jetzt pass mal auf!<<

Dann sprang sie mit einem eleganten Kopfsprung ins kühle Nass! Hätte jemand mein Gesicht fotografiert, wäre dies das Bild des Urlaubs gewesen! Die Passagiere des vorbeifahrenden Ausflugschiffes spendeten lauthals Applaus, so daß ich ihr vom Puplikum getragen mit einem nicht ganz so eleganten Köpper folgte.

Maja hatte ihre helle Freude, als ich wieder auftauchte: >>Da mußt du aber noch ein bisschen üben!<<

Spaßeshalber duckte ich sie unter. Wir plantschten noch ein Weilchen im Sprudelwasser, als von oben Loreenas Stimme zu hören war:

>>Wir müssen mal langsam los, die Hunde und der Willi werden unruhig.<<

Und so kletterten wir wieder die Naturtreppe hinauf, zogen uns an und packten alle Sachen zusammen.

Den restlichen Fußmarsch bis zu unserem Anleger an der kleinen Steinwand mußten wir zügig absolvieren.

Kurz vor dem Anlegesteg hörten wir schon das Hupen unseres Schiffes, daß gerade anlegte.

>>Ich renn schon mal vor und sag dem Kapitän Bescheid!<<, sagte ich und rannte los.

Am Anleger angekommen sah ich, daß der Kassiermatrose von heute morgen gerade das Tau lösen wollte.

>>HALT! WIR WOLLEN NOCH MIT!<<, rief ich ihm zu.

>>Ah, da seid ihr ja, ich hab mir schon Sorgen
gemacht<<, antwortete er, während der Rest der Familie
schon angelaufen kam.

>>Nur die Ruhe. Wir lassen keinen zurück. Hattet ihr eine
schöne Wanderung?<<

Die Kinder berichteten ihm ausgiebig von unserer
Sprungpause.

>>Da wart ihr aber mutig...<< Wir klärten ihn nicht auf,
daß nur die Großen von der Plattform gesprungen waren
und machten es uns an Deck bequem. Wir bestellten
Bier und Limonade und freuten uns auf die entspannte
Fahrt über den See bei bestem Sommerwetter.

Die Anlegestelle Dolomitenblick hielt, was sie versprach.
Ein netter Mitpassagier bot uns an, ein Familienfoto mit
Dolomiten im Hintergrund von uns zu schießen.

Während wir AMEISENSCHEISSE riefen legte das Schiff
schon wieder ab und steuerte zurück Richtung Westufer.

Die Fahrt nach Techendorf verging wie im Flug oder in diesem Fall, wie auf dem Schiff. Wir verabschiedeten uns von der Besatzung und gingen von Bord.

Da unsere Mägen knurrten, entschieden wir uns Halt am Imbiss an der Brücke zu machen. Hier waren liebevoll Tische und Bänke auf einer Wiese verteilt. Für die Kleinen war ein kleiner Spielplatz errichtet worden, so dass wir entspannt die österreichischen Wurst-spezialitäten genießen konnten.

Jetzt wo alle satt waren hatte keiner mehr so richtig Lust auf den Fußweg zurück zum Campingplatz. Das Alpenglühen versüßte uns den Marsch dann aber doch und selbst die Kleinen mopperten wenig, da sie abwechselnd von den Großen bis zum Bus getragen wurden. Hier angekommen erwarteten uns unsere Nachbarn schon mit ihren alkoholischen Spezialitäten. Maja legte Willi, der auf dem Weg schon eingeschlafen war in sein Bett. Ich machte den Hunden etwas zu Fressen und Loreena ging Duschen. Danach setzten wir uns mit unseren Stühlen zu unseren Nachbarn und ließen den Abend bei diversen Spirituosen ausklingen

Tag Achtzehn - Im Süden nichts Neues

Den nächsten Tag ließen wir ganz gemütlich angehen. Wir gingen Schwimmen, spielten Tischtennis und entspannten in der Sonne. Gegen Mittag kam der Konditorwagen mit seiner einladenden Glocke über den Platz gefahren. Wir statteten uns mit Topfenstrudel, Sachertorten und anderen östereichischen Kaffeehaus-spezialitäten für den Nachmittag aus.

Da am nächsten Tag der zweite Geburtstag in diesem Urlaub gefeiert werden sollte, baten wir Loreena und Paul im Dorf die nötigen Geburtstagsutensilien für Willis ersten Geburtstag zu besorgen. Da die Zwei sich gestern Abend noch mit den gleichaltrigen Nachbarn an-gefreundet hatten, fuhren sie mit diesen, in deren Auto ins Dorf. Sie kamen mit Luftballons, Girlanden, Knicklichtern und viel zu viel Süßkram zurück. Maja war begeistert und fing schon vor dem Abendessen an zu schmücken. Willi ahnte nichts von seinem morgigen, großen Tag und hatte seine helle Freude beim Zusehen. Während Maja noch Willis Geschenke einpackte, verteilte ich dampfende Nudeln mit Bolognesesoße in Schalen.

Ich hatte soviel gekocht, daß sogar die Nachbarn mitessen konnten.

Zum Nachtisch kamen drei halbstarke Jungens in perfektem Fußballoutfit und einem Ball bewaffnet zu unserem Platz und fragten, ob wir Lust auf eine Runde Groß-gegen-Klein-Fußball hätten.

>>Unbedingt!<<, sagte ich und fügte hinzu:

>>Dann zieht euch mal warm an!<<

Und so machten wir uns, leider ein wenig durch unsere vollen Mägen geschwächt auf, die Campingplatzjugend fußballerisch in ihre Schranken zu weisen.

Schnell führten die Großen mit Zwei zu Null, um dann mangels Kondition nach zwanzig Minuten mit Neun zu Vier erschöpft vom Platz zu kriechen.

Da wir aber gute Verlierer waren, luden wir die dreikäsehohen Gewinner zu einem Eis aus unserer Kühltruhe ein.

Zum Tagesabschluß leckten und wuschen wir unsere Wunden bei einem erfrischenden Sprung in den abendlichen Weissensee.

Maja und ich ließen den Tag anschließend bei einem

Glas Rotwein im Kerzenschein ausklingen. Dabei erinnerten wir uns an die Geburtsstrapazen, die genau vor einem Jahr begonnen hatten.

Tag Neunzehn - Geburtstagsüberraschung II

>>Heute kann es regnen, stürmen oder schneien...<<, aus vollen Kehlen sangen wir unserem verdutzten Willi sein Geburtstagsständchen. Maja hielt ihm seinen Kuchen mit genau einer Kerze hin und half ihm beim Auspusten. Der Applaus fiel natürlich überschwänglich aus. Im Gegensatz zu den Textzeilen im Geburtstagslied gab es alles andere als schlechtes Wetter, sodass wir das Geburtstagsfrühstück bei strahlendem Sonnenschein genossen.

>>Jetzt müsste nur noch Lucy um die Ecke kommen und uns zu einem aussergewöhnlichen Ausflug einladen...<<, stellte Paul scherzeshalber fest und biss herzhaft in seine Leberkässsemmel.

Maja die nur vor sich hin grinste sagte darauf nichts.

Sehr verdächtig, dachte ich. Hatte sie gestern Abend nicht ständig mit jemandem per Handy geschrieben...

Und schon piepste wieder ihr Telefon. Sie las kurz die Nachricht und flötete vor sich hin, daß sie kurz zur Toilette müsste. Ich goß mir noch einen Kaffee nach und wartete auf die Dinge, die da kamen.

Zehn Minuten später kam Maja zurück. Sie unterhielt sich angeregt mit einer Person neben sich, die wir nicht erkennen konnten, da sie in voller Motorcrossmontur, inklusive Sturmhaube daher kam. Fehlte nur der Helm.

Als sie näher kamen, zog die Person die Sturmhaube herunter und zum Vorschein kam: Lucy.

Paul fiel das letzte Stück Leberkässsemmel aus dem Mund, Oskar und Ellie schrien kurz auf, Justus guckte wie ein kaputtes Auto und Loreena war duschen. Nur Willi spielte weiter mit seinem gerade geschenktem Papageientaucher-Kuscheltier.

>>Tadah! Überraschung!<<, unterbrach Lucy die Stille.

>>Das gibt's doch nicht!<<, sagte ich und an Maja gewannt:

>>Und du wusstest die ganze Zeit Bescheid?!<<

>>Jap!>>, antwortete Maja.

>>Ihr habt fünfzehn Minuten, um euch umzuziehen. Dann geht's los! Ist noch Kaffee da?<<, schoß Lucy hervor.

Nachdem ich ihr den Rest Kaffee aus der Kanne in eine Tasse gefüllt hatte ging ich in den Bus und zog mich um. Derweil war auch Loreena zurück gekommen und begrüßte Lucy fröhlich.

>>Ich hab ein bisschen Angst!<<, sagte sie zu ihr.
>>Brauchst du nicht, wird lustig!<<

Nachdem wir uns alle Lucy-Überraschung-Ausflug-fein gemacht und den Bus verriegelt hatten, folgten wir ihr über den Campingplatz bis zur Einfahrt. Als wir dort ankamen, trauten wir unseren Augen nicht. Vor uns standen zwei große Strandbuggies, die auf einem Anhänger verzurrt waren.
Der Anhänger war an einem neuwertigen Dodge-Ram mit Campingkabine befestigt.

>>Ich bin heute morgen um sechs Uhr los gefahren. Helft ihr mir kurz beim entladen?<<, bat uns Lucy.

>>Klar. Wo hast du denn das Gespann her?<<, fragte ich sie, während ich die Spanngurt löste.

>>Mein Cousin hat eine Vermietung für Strandbuggies in Pula und hat sie mir für drei Tage geliehen. Und da ich dem Willi auch was zum Geburtstag schenken wollte, bin ich kurzer Hand zu euch hoch gefahren. Maja hab ich vorgestern gefragt, ob das eine gute Idee wäre.<< Sie zwinkerte Maja zu und zusammen rollte wir die Buggies die Anhängerrampe hinunter. Wir koppelten den Anhänger ab, parkten ihn auf dem Parkplatz und Lucy fuhr ihre fahrende Unterkunft zu unserem Bus. Als sie zu Fuß zurück kam, sagte sie:

>>Eure Nachbarn sind aber auch sehr gesellig. Die hatten schon die ersten Biere offen...<<

>>Ja, ja! Die sind ein Fluch und ein Segen<<, erklärte Maja ihr.

>>Die haben uns für heute Abend auf einen Schnaps eingeladen, soll ich euch ausrichten. Aber jetzt machen wir uns erstmal auf den Weg. Helme sind hinten in der

Kiste und für die Kinder sind extra hohe Sitze mit Spezialgurten montiert.<<

Wir zogen uns und den Kindern die Helme über und setzten uns in die Sitze. Die Buggies hatten je vier Schalensitze und im Font noch einen Notsitz dazwischen. Als erstes fuhr Lucy den einen und, nachdem wir Schnick, Schnack, Schnuck gemacht hatten, Paul den anderen.
Wir fuhren über die Landstrasse Richtung Hermagor. Zwischendurch schaute Lucy immer wieder auf ihr Handy, um den richtigen Weg zu finden. Wir fuhren durch Hermagor hindurch und weiter auf der Einhundertelf Richtung Villach. In Köstendorf bog sie links in einen besseren Feldweg ab und hielt nach ein paar Metern an.

>>Jetzt wird es lustig. Wir müssen nur kurz auf unseren Guide warten.<<

Nach ein paar Minuten hörten wir aus dem Wald eine Crossmaschine uns entgegenkommen.

>>Das müsste er sein!<<, sagte Lucy und behielt Recht.

Nachdem das Motorrad neben uns zum Stehen gekommen war und der Fahrer abstieg und seinen Helm abnahm, stellte uns Lucy vor. Walter, so hieß er, begrüßte uns und erklärte, daß wir ihm folgen sollten. Gemächlich fuhren wir ihm in den Wald hinterher. Nach ungefähr zwei Kilometern, der Weg war nur noch ein Trampelpfad, bogen wir rechts ab und standen vor einem riesigen, künstlich erschaffenen Abgrund.

>>Hier wurde bis vor zwei Jahren noch Kies und Kalkstein abgebaut. Danach haben wir das Gelände in ein Motorcrossparadies verwandelt. Wir warten nur noch auf die Genehmigung. Aber testen müssen wir die Strecke ja regelmäßig!<<, erklärte uns Walter mit einem Augenzwinkern.

>>Am Besten fahrt ihr immer zu zweit. Die anderen können dahinten in der Blockhütte warten und zusehen. Da sind auch kühle Getränke.<<
Die erste Runde bestritten Paul und ich in dem einen und

Lucy und Maja in dem anderen Buggie. Walter fuhr mit seiner Maschine vor und erklärte, wo wir wann wie zufahren hatten, damit es Spaß macht. Nach ein paar Runden konnten wir die Strecke gut einschätzen und hatten unsere helle Freude bei den diversen Sprüngen und Wasserhindernissen. Wir wechselten freudig durch und jeder hatte seinen Spaß. Mit den Kindern an Bord fuhren wir natürlich vorsichtiger, um ohne sie noch wilder zu rasen. Am Schluß waren wir alle von oben bis unten voller Matsch. Nur unsere weißen Zähne waren noch zu erkennen.

Hinter der Hütte war ein Waschplatz zur Reinigung der Fahrzeuge errichtet worden. Diesen nutzten wir aber nicht nur für die Buggies, sondern auch, um uns ausgiebig von Dreck und sand zu befreien. Außerdem war es die beste Gelegenheit für eine ausgiebige Wasserschlacht. Erschöpft und glücklich machten wir uns danach auf den Weg zurück zum Campingplatz. Walter wies uns den Weg bis zur Hauptstrasse und verabschiedete sich von uns. Am Weissensee angekommen parkten wir die Buggies neben dem Anhänger und gingen zurück zum Bus. Dort erwarteten uns unsere Nachbarn mit einem Grillbuffet und kühlen Getränken. Wir staunten nicht schlecht.

>>Damit den Jungens nicht langweilig wird hab ich denen den Auftrag gegeben uns kulinarisch zu empfangen<<, flüsterte Lucy uns zu.
Wir genossen Willis Geburtstags-Grill-Empfang und aßen uns richtig satt. Als Willi vor Erschöpfung die Augen zu fielen legten Maja und ich ihn in seine Koje. Keine fünf Minuten später schlief er tief und fest. Wir gingen zurück zu den anderen und wurden mit vollen Schnapsgläsern empfangen. Lucy hatte wohl schon probiert, denn sie zog eine Grimasse, als hätte sie in eine Zitrone gebissen. Alt wurden wir an diesem Abend nicht. Lucy verzog sich in ihren Camper und wir, samt Kindern in den Bus. Nur Loreena und Paul feierten bis weit nach Mitternacht mit unseren Nachbarn.

Tag Zwanzig - Gruseliges Grüß Gott

>>Müssen wir wirklich schon fahren?<<, fragte mich Ellie. Ich war gerade dabei mit Loreena den Pavillion

abzubauen. Wir hatten heute morgen entschieden einen Tag früher die Heimreise anzutreten. Wir wollten nicht ein weiteres mal in den Bettenwechselverkehr gelangen. So hatten wir auch einen Tag länger Zeit für den Rückweg. Heute wollten wir es trotzdem gemütlich angehen lassen. Justus, Ellie, Oskar und ich waren nach dem Aufstehen ein letztes mal im Weissensee schwimmen gewesen und danach hatten wir in Ruhe gefrühstückt. Lucy und die verkaterten Zeltbewohner waren irgendwann dazu-gestoßen. Allen hatte die Idee der entspannten, frühzeitigen Rückreise gefallen. Nur Ellie und Oskar waren nicht so begeistert gewesen. Deswegen versprachen wir ihnen auf der Strecke eine Nacht an einem Gewässer, oder wenigstens einem Schwimmbad zu verbringen. Heute wollten wir gegen mittag los und dann soweit zu fahren, wie wir konnten und der Verkehr es zuließ. Mindestens jedoch bis nach Deutschland.
So bauten wir nun also unser Lager ab und verstauten es in den Niederungen des Busses.

>>Falls du mich nicht mehr brauchst, gehe ich noch schnell Duschen, bevor wir losfahren<<, erklärte mir

Loreena, nachdem der Pavillion eingepackt war.

>>Und ich geh schnell bezahlen.<<, ergänzte Maja.

>>Dann helf ich Lucy beim Verladen der Buggies<<, schlug ich vor.

>>Sehr schön, dann können wir ja bis zur Autobahn noch gemeinsam fahren<<, antwortete Lucy.

Die Buggies waren schnell verstaut und der Anhänger an den Ram gekoppelt. Zurück am Bus angekommen machte ich den obligatorischen Abfahrtsrundgang. Die Räder waren gut verstaut und der Radständer kam wohl ohne die Kunsstoffbeleuchtung besser mit den Abgasen zurecht. Bis auf weiteren Ruß sah alles stabil aus.

Da wir am Rand des Campingplatzes standen, konnte ich problemlos den Motor starten, ohne jemanden zu belästigen. Während sich also der Betriebsdruck aufbaute und die letzten Busbesatzungsmitglieder Platz genommen hatten, kamen unsere Nachbarn zum Verabschieden in den Bus gestiegen:

>>Wir haben noch eine Kleinigkeit, damit ihr uns nicht vergesst!<<, sagten sie und hielten uns eine Flasche

ihres Traditionsbrandes entgehen.

>>Da habt ihr Recht. Durch diesen Schnaps werden wir euch so schnell nicht vergessen. Danke für das leckere Grillen gestern und die angenehme Nachbarschaft. Jetzt habt ihr endlich Ruhe!<< Ich gab jedem von ihnen die Hand und lud sie ein bis zur Rezeption mitzufahren.

>>Cool, wir haben uns gar nicht getraut zu fragen.<<
So rollten wir langsam durch die engen Campingplatzgassen zur Hauptstrasse. Die neugierigen Blicke und winkenden Campern waren dabei schon zur Normalität geworden. Fast schon traditionell betätigte ich die „böse" Hupe und grüßte freundlich zurück. An der Rezeption ließ ich die Nachbarn aussteigen und schloß die Türen. Lucy startete ihr Gespann und folgte uns.
Die Serpentinen fuhr ich genauso schnell hinunter, wie hinauf, um die Bremsen nicht allzu stark zu strapazieren. Im Tal angekommen hielten wir an einer Tankstelle an. Da der Diesel in Österreich billiger war, tankten wir voll. So kamen wir locker bis nach Hause. Maja verließ den Bus, um zu bezahlen. Die anderen verabschiedeten sich

von Lucy. Auch ich drückte sie herzlich und bedankte mich ein weiteres mal für ihre tollen Aktionen. Maja, die gerade zurück gekommen war erinnerte Lucy daran, uns Zuhause besuchen zu kommen.

Natürlich bekam Lucy zum Abschied auch die „böse" Hupe zu hören. Sehr zur Belustigung der anderen Tankstellenbesucher.

Bis zur Tauernautobahn fuhr Lucy uns hinterher, um dort dann Richtung Süden zu fahren, während ich den Bus Richtung Norden steuerte. Nachdem wir Reisegeschwindigkeit erreicht hatten und Willi eingeschlafen war, ließen wir uns von Indiana Jones das große Finale von Origin vorlesen. So verging die Zeit, wie im Flug. An der österreichisch/deutschen Grenze war überraschend wenig Verkehr. Erst ab München wurde die Autobahn dann sichtlich voller, was wohl auch am Feierabendverkehr lag.

>>Bevor wir hier noch ewig im Stau stehen, fahren wir lieber von der Autobahn runter und suchen uns ein Plätzchen für die Nacht. Was haltet ihr davon?<<, schlug ich vor.

Das kam den anderen gerade recht, da sich so langsam Langeweile im hinteren Bereich des Busses breit machte. Auch Murphy und Masha schienen begeistert zu sein.

So fuhren wir also an der Anschlußstelle Pfaffenhofen von der Autobahn ab. Da hier ein Autohof zu finden war und die ersten Lastwagenfahrer einen Platz für die Nacht suchten, war viel los. Am Autohof selber wollten wir nicht stehen, auch, weil man für die Übernachtung hätte bezahlen müssen. So entschieden wir den Bus ein paar Kilometer weiter an einem Wanderparkplatz abzustellen. Der einzige Nachteil an diesem einsamen Ort war, daß es keine Möglichkeit zum Essen, oder wenigstens zum Einkaufen gab. Und da unsere Vorräte ziemlich leergegessen waren, mußte eine Alternatividee her.

>>Ich kann ja mit dem Rad in den nächsten Ort zum Einkaufen fahren<<, schlug Paul vor.

>>Gute Idee. Ich kuck mal auf meinem Handy, wie weit der nächste Laden weg ist.<<

Maja zückte ihr Telefon und suchte nach passenden Einkaufsmöglichkeiten in der Nähe.

>>Der einzige Laden, der in Frage kommt, ist drei Kilometer weit weg. Der Haken ist, daß dieser in einer viertel Stunde schließt!<<

>>Ja toll, das schaff ich nie und nimmer.<<

Jetzt war guter Rat teuer.

>>Wir fahren einfach weiter, bis wir was Besseres gefunden haben<<, schlug ich vor.

>>Oder, du machst dir jetzt ein Bier auf, setzt dich draußen auf die Bank und ich bestell Pizza bei Toni.<<

>>Gute Idee. Aber wer ist Toni?<<

>>Toni ist die Dorfpizzeria. Laut Internet direkt neben dem Supermarkt. Die hat noch bis spät heute Abend geöffnet und liefert auch. Und die Speisekarte ist sogar online.<<

Nachdem sich jeder etwas ausgesucht hatte, gab Maja telefonisch unsere Bestellung auf. Bei der Adressangabe war Toni kurz skeptisch, ließ sich aber, nachdem er sich durch einen Rückruf auf Majas Handy abgesichert hatte zu der aussergewöhnlichen Lieferung überreden. Die Zeit bis zur Ankunft des Essens vertrieben wir uns mit Fußballspielen auf dem verwaisten Parkplatz. Keine halbe Stunde später lieferte Toni pünktlich unser Essen. Wir verdrückten die wirklich leckeren Pizzas im Bus. Dazu tranken wir Tonis mitgebrachten Lambruscowein. Sehr süß, aber trotzdem perfekt für diese Situation.

> Ich mach uns einen Espresso und dann können wir noch mit den Hunden gehen<<, sagte ich zu Maja, als sie gerade im Begriff war Willi ins Bett zu bringen.
> Auja, wir kommen mit<<, freuten sich Ellie und Oskar.
> Nachtwanderung?<<, fragte Justus.
> Unbedingt! Dann sucht mal genug Taschenlampen zusammen!<<

Nachdem Willi eingeschlafen war und Maja und ich unseren Espresso getrunken hatten, machten wir uns auf, mit unseren Taschenlampen den Wald zu erkunden. Loreena und Paul wollten im Bus bleiben und auf Willi aufpassen. Mittlerweile war es stockdunkel geworden, so dass man draußen die Hand vor Augen nicht mehr sehen konnte. Der Wanderweg war nur durch den Taschen-lampenschein zu erkennen. Als wir ein paar hundert Meter weit gegangen waren, hörten wir um uns herum

mehrere knackende Geräusche, die wohl von zer-
brechenden Ästen herrührten. Die Stimmung wurde
wirklich unheimlich.

>>Sollen wir nicht zurück zum Bus gehen?<<, flüsterte
Elli und klammerte sich an meine Hand.
>>Hast du etwa Angst?<<, zog ich sie auf und machte
dabei ein unheimliches Stöhnen.
>>Hör auf!<<, boxte mich Maja in die Seite. Wir machten
also kehrt und gingen den Weg zurück. Das Knacken um
uns herum wurde häufiger und so wurde sogar mir
langsam unheimlich zumute.

>>Was ist das denn?<<, fragte Oskar mit zittriger
Stimme.
>>Vermutlich irgend ein Tier, oder so?<<, wollte Maja ihn
beruhigen, was ihr nicht ganz so gut gelang. Mittlerweile
waren wir alle irgendwie durch Händehalten oder
Umklammern verbunden, als plötzlich die Wolken den
Mond freigaben und dieser den Weg vor uns erhellte.
Keine zwanzig Meter vor uns erkannte wir eine Gestalt
regungslos auf dem Weg stehen. Maja stieß vor

entsetzten einen schrillen Schrei aus, die Kinder kreischten laut los und selbst ich konnte mir einen Schrei nicht verkneifen. Als die Gestalt dann auch noch plötzlich schreiend auf uns zu lief, fingen sogar die Hunde an zu bellen. Kurz bevor sie uns erreichte, erhellte sich die Stelle, wo bei der Gestalt das Gesicht sein mußte. Doch da war kein Gesicht, sondern eine blutüberströmte Fratze. Uns blieb allen das Herz stehen. Die Gestalt riss sich mit der linken Hand das Gesicht vom Schädel. So sah es jedenfalls für uns aus. Zum Vorschein kam Paul, der herzhaft zu lachen anfing. Er bekam sich garnicht mehr ein.

>>Ihr müsstet euch mal sehen.<<

>>Du Arsch, du hast uns wirklich erschreckt.<<, sagte Maja, die stinksauer, aber auch sichtlich erleichtert wirkte. Auch die Kinder kamen langsam aus ihrer Schockstarre zurück.

>>Was war das denn für eine Maske?<<, fragte ich Paul.

>>Ich hab den Deckel von einem Pizzakarton bemalt und mit einem Gummi um meinen Kopf gebunden.<< Stolz zeigte er uns seine selbstgebaute Maske, während wir zurück zum Bus gingen.

>>Auf den Schock müssen wir erstmal einen Schnaps trinken.<<

Ich hielt die Flasche unserer Weissenseenachbarn hoch und goß Maja und mir einen ein.

>>Und ich?<<, fragte Paul.

>>Du hast ja keinen Schock!<<, sagte ich lachend und holte noch ein drittes Glas aus dem Schrank.

Tag Einundzwanzig - Der letzte Halt

>>Hey, Henry, wach auf! Da klopft jemand...<< Maja versuchte mich zu wecken. Schlaftrunken guckte ich auf die Uhr. Halb sieben.

>>Ich hör nichts!<< Maja schaute mir in die Augen. Dann hörte ich es auch. Ein Klopfen gegen die Bustüre. Ich zog mir ein T-Shirt über und verließ unseren Schlafbereich. Aus einer der vorderen Kojen war das fragende Gesicht von Oskar zusehen, der noch sehr verschlafen aussah.

>>Schlaf ruhig weiter<<, flüsterte ich ihm zu und ging zur Vordertüre. Das Klopfen wurde lauter, gefolgt von einem:

>>Hallo. Is da wer drin?<<

Durch die Scheibe erkannte ich zwei Polizisten. Der eine stand im Hintergrund und der andere hörte auf zu klopfen, als er mich sah. Ich hob die Hand zum Gruße und öffnete die Verriegelung der Türe, die sogleich elegant aufschwang.

>>Guten Morgen die Herren!<<, begrüßte ich die beiden Schutzmänner.

>>Grüß Gott! Was machen Sie hier?<<, fragte mich der zuvor Klopfende.

>>Auf jeden Fall nicht mehr schlafen.<<

>>Wie lange stehen Sie schon hier?<<

>>Seit gestern Abend, warum?<<

>>Eine besorgte Mibürgerin hat uns gerufen. Hier würde ein unheimliches Gefährt stehen. Sie hätte verdächtige Geräusche in der Nacht gehört. Und da das Gefährt heute morgen immer noch hier stand, hat Sie uns alarmiert.<<

>>So, so! Was ist denn so verdächtig?<<

>>Das fragen wir uns gerade auch.<< Jetzt sprach der

hintere Beamte, der viel freundlicher wirkte.

>>Also fürs Protokoll...<<, wollte ich die Sache schnell beenden, damit ich wieder ins Bett konnte:

>>...wir sind gestern aus Österreich gekommen. Gegen Nachmittag wurden die Straßen voller und so wollten wir die Nacht am Autohof verbringen. Da war es uns zu voll und so sind wir hier gelandet. Wir wollen auch gleich weiter.<<

>>Siehste, hab ich dir doch gesagt<<, meinte der Freundliche zum Skeptischen.

>>Ja, aber die Erna...<<, flüsterte dieser zurück um vom anderen direkt unterbrochen zu werden:

>>Die Erna, die Erna. Die hat zu viel Zeit! Was muß die hier auch spät abends und früh morgens ummernannt schlawanzen?!<<

>>Zeigens mir mal den Führerschein und Fahrzeugs-schein<<, forderte mich der Freundliche, halbherzig auf.

>>Gerne!<< Ich holte aus dem Handschuhfach die nötigen Papiere und hielt sie ihm hin. Er überflog beide

Scheine und wollte sie mir gerade zurückreichen, als der andere sie ihm aus der Hand riss und damit zum Streifenwagen ging.

>>Warten Sie kurz<<, sagte der Nette mit verdrehten Augen.

Fünf lange Minuten später kamen beide wild diskutierend zurück. Kurz bevor sie in Hörweite waren verstummten beide. Der Nette meinte:

>>Es scheint alles in Ordnung zu sein. Wir dachten sie hätten nicht die nötige Fahrerlaubnis, doch da dies jetzt ein Wohnmobil ist, ist alles korrekt.<<

>>Wieviel Mann sind denn im Bus?<<, fragte der Andere scharf.

>>Eigentlich nur ein Mann und ein paar Halbstarke. Frauen sind auch dabei.<<, entgegnete ich schmunzelnd.

Der Nette konnte sich ein Grinsen nicht verkneifen, während der andere vor Wut zu platzen schien. Doch bevor er mir noch Handschellen anlegte beschwichtigte ich:

>>Also hier im Bus sind im Moment acht Personen und zwei Hunde. Selbst wenn hier zwanzig Personen drin

wären, hätte daß keine Auswirkung auf meine Fahrerlaubnis, da wir ja stehen. Also, wenn Sie jetzt keine Fragen mehr haben, würde ich gerne weiterschlafen. Natürlich nur zur Wiederherstellung der Fahrtauglichkeit....<<, ergänzte ich noch.

>>Das ist klar<<, sagte der Freundliche mit einem Augenzwinkern. Er wusste wohl, daß der Andere alles versuchen würde mir einen anzuhängen. Auch wenn es nur die Ordnungswidrigkeit des Wildcampens gewesen wäre.

>>Dann weiterhin Gute Fahrt durch unseren schönen Freistaat!<<, beendete der Nette endlich die Situation und zog den Anderen am Arm mit sich.

Ich verriegelte die Türe wieder und ging zurück zu Maja.

>>Was war denn das?<<, fragte sie.

>>Ein Gruß von der Erna!<<

>>Wer ist Erna?<< Ich berichtete ihr ausgiebig von der seltsamen Kontrolle.

Da nun an ein Weiterschlafen nicht mehr zu denken war, auch weil schon die Hälfte der Kinder, inklusive Willi wach waren, standen wir auf.

> Dann kommen wir ja wenigstens früh los<<, sagte Maja während sie am heißen Kaffee nippte.

> Oh ja, dann können wir ja noch schwimmen!<<, freute sich Oskar.

> Wenn wir einen schönen Platz finden, vielleicht!<< Um kurz nach acht waren wir bereits wieder auf der Autobahn. Maja suchte im Stellplatzführer nach einem geeigneten Platz für uns. Nach einer halben Stunde meinte sie schließlich:

> Im Taunus ist ein hübsches Freibad mit Wohnmobil-stellplatz. Auf den Bildern sieht der groß genug aus.<<

> Klingt gut, dann gib das mal ins Navi ein!<< Etwas mehr als dreihundert Kilometer mussten wir noch zurücklegen.

> Dann sind wir ja gegen zwei Uhr da. Genug Zeit zum Schwimmen haben wir dann ja noch.<<

Wir kamen gut durch und hatten sogar um Frankfurt keinen Stau. Bei Butzbach fuhren wir von der Autobahn. Von der Bundesstrasse fuhren wir auf die Landesstrasse und ein paar Kilometer weiter auf die Kreisstrasse Richtung Waldsolms. Kurz vor dem Ortseingang sollte ich plötzlich links Abbiegen. Hundert Meter vorher betätigte ich den Blinker und bremste mit Retarder und Motorbremse herunter auf Schrittgeschwindigkeit, um den Gegenverkehr durchzulassen.

>>Da willst du rein?<<, fragte Maja mich. Ich war auch skeptisch.

>>Wenn wir Schwimmen wollen, bleibt uns wohl nicht viel übrig.<< Und da die Schlange hinter dem Bus immer länger wurde, bog ich ab. Der bessere Feldweg führte steil bergab, geradewegs zu einem Waldstück. Von einem Schwimmbad war weit und breit nichts zusehen. Hundert Meter weiter, der Weg wurde immer enger, lag vor uns eine kleine Brücke, die uns über einen Bach führen sollte.

Diese war gefühlt maximal zwei Meter einundfünfzig breit. Also genau einen Zentimeter breiter als der Bus. Passte also. Und da es keine Gewichtsbegrenzung gab, fuhr ich langsam darüber. Nach weiteren fünzig Metern, der Weg wurde endlich wieder breiter, passierten wir ein Hinweisschild für Parkmöglichkeiten am Freibad.

>>Aha, sind wir doch richtig!<<, freute sich Maja. Als wir

auf einen der Parkplätze abbogen, sahen wir hinter einer Baumreihe das Schwimmbad. Anders als erwartet, empfing es uns in top Zustand. Alles, was man brauchte schien dort zu sein: Ein großes Becken, ein Kinderbecken, Rutschen und Sprungturm, ein Kiosk mit Biergarten und das Beste, ein leerer Wohnmobilstellplatz direkt daneben. Und obwohl nur zwei Autos auf dem Parkplatz standen, schien das Bad geöffnet zu haben.

Maja stieg aus, um uns anzumelden. Sie kam zwei Minuten später mit einem völlig aufgedrehten Mann zurück, der wie die Karikatur eines Bademeisters aussah.

>>Das gibt's doch nicht. Ein Bus!<<, schrie er. Und zu seiner Frau, die wohl noch irgendwo in den Niederungen des Kiosks war:

>>INGE, HIER IST EIN BUS. EIN RICHTIGER BUS. EIN REISEBUS!<< Nachdem sich seine Aufregung ein wenig gelegt und er alle begrüßt hatte, erklärte er uns, wo wir auf seinem Stellplatz wie zu stehen hatten, damit auch andere Platz fanden. Er gab uns noch das W-Lan Passwort und lud uns zum ausgiebigen Schwimmen, mit anschließendem Pommesessen ein. Schnell parkten wir

den Bus und ließen noch kurz die Hunde raus, um dann nur mit Badehose und Handtuch bewaffnet das Freibad auszuprobieren. Nicht nur die Kinder hatten ihre helle Freude. Über zwei Stunden tollten wir im kühlen Nass. Dass wir fast die einzigen waren, lag wohl an der Tatsache, dass heute Werktag war und das Wetter eher unbeständig. Nachdem wir alle geduscht hatten, gingen wir zurück zum Bus. Wir breiteten unsere Picknickdecke aus und relaxten in der Sonne, die uns dann doch noch besuchte. Am Abend, kurz bevor das Bad schließen wollte, holten Loreena und Paul noch für alle Pommes. Da wir wirklich die einzigen dort waren und das Betreiberpaar sich Richtung nach Hause verabschiedet hatten, genossen wir die Stille. Nur das Plätschern der Schwimmbadbecken und das abendliche Gezwitscher der Vögel war zu hören. Ein fast magischer Moment.

>>Der perfekte Ort für den letzten Urlaubsabend!<<, sagte Loreena fast schon wehmütig.

Tag Zweiundzwanzig - Die Heimkehr

>>Guten Morgen! Ich hab frische Brötchen mitge-
bracht<<, rief mir der Bademeister zu. Ich kam gerade
mit Masha und Murphy von der morgendlichen Runde
zurück. Ich war fast eine dreiviertel Stunde durch Wiesen
und Wälder gelaufen. Das hatten sich die zwei nach der
ganzen Fahrerrei der letzten Tage redlich verdient. Mit
hängenden Zungen kamen wir zurück zum
Schwimmbadgelände.

>>Spitze! Kommen wir gleich holen. Die Kinder wollten
sowieso noch schwimmen heute morgen.<<

Das Wetter war sichtlich besser als gestern, sodass
schon die ersten Schwimmbegeisterten im Wasser ihre
Bahnen zogen. Im Bus streiften sich Oskar, Elli und
Justus gerade ihre Schwimmklammotten über.

>>Der Bademeister freut sich schon auf euch. Bringt ihr
Brötchen mit, die hat der extra für uns mitgebracht?<<,
fragte ich, während ich Trockenfutter in die Hundenäpfe

füllte.

Den morgendlichen Kaffee tranken wir Draußen mit Blick auf unsere schwimmenden Kinder.

>>Das ist der letzte Morgenkaffee in diesem Urlaub<<, sagte ich zu Maja.

>>Den trinke ich mit einem lachenden und einem weinenden Auge<<, sagte sie.

>>Oh ja...<< Ich dachte an die letzten drei Wochen. Was hatten wir nicht alles erlebt. Einerseits war es nie langweilig gewesen, anderseits hatten wir auch wenig Erholung gehabt. Trotzdem war es wie immer schön, einfach nur rauszukommen. Ich fühlte mich wie früher, wenn man von einer Klassenfahrt zurück kam. Vollkommen erschöpft, aber glücklich. Und mit viel Erlebten im Gepäck.

>>Sollen wir noch hier Frühstücken?<<, fragte mich Justus der mich mit einer Brötchentüte in der Hand aus meinen Gedanken riss.

>>Können wir. Sind ja nur noch zweihundert Kilometer

bis nach Hause.<<

Ich holte die Biergarnitur aus dem Gepäckfach und wir deckten noch einmal feierlich den Frühstückstisch.

Die Stimmung war ausgelassen, auch weil wir alle nochmal zusammen den Urlaub Revue passieren ließen. So richtig los wollte keiner. Doch uns blieb nicht viel übrig. Am späten Vormittag drückte ich ein letztes mal den Startknopf. Dies war wie eine Einladung für den Bademeister, der direkt angerannt kam.

>>Ihr fahrt schon?<<, rief er mir durch die offene Vordertüre zu.

>>Ja, leider.<<

>>Och schade. Ihr müsst unbedingt nochmal wieder kommen.<<

>>Wenn wir in der Nähe sind, bestimmt. Vielen Dank für die nette Gastfreundschaft.<<

>>Ihr müsst aber eben noch warten, bis ich ein Foto gemacht habe. Das kommt dann auf unsere Internetseite!<<

>>Unbedingt!<<

Ich rangierte den Bus so, daß der Bademeister ein aussagekräftiges Foto mit seinem Schwimmbad im Hintergrund schießen konnte. Nach mehreren Versuchen, schien er zufrieden zu sein.

Er entließ uns Richtung Hauptstrasse. Natürlich bekam auch er die „böse" Hupe zu hören.

Die Fahrt über die Brücke zurück zur Hauptstrasse war kein Problem und so rollten wir gemächlich Richtung Autobahn. Hier war der Verkehr nicht allzu dicht, was wohl auch am Samstagsfahrverbot für LKW's in den Ferien lag.

Um Köln rum wurde es dann doch noch voller, aber richtig zum Stehen kamen wir auch hier nicht.

Am frühen Nachmittag erreichten wir unsere Heimatabfahrt. Es ist immer komisch, wenn man nach längerer Zeit wieder nach Hause kommt. Ein bisschen Wehmut gepaart mit Aufregung und Vorfreude trifft es wohl am Besten.

Wir hofften, daß vor unserem Haus genug Platz für den Bus frei war. Als wir in unsere Strasse abbogen, sahen wir, dass dies nicht der Fall war.

Der Grund jedoch war höchst erfreulich. In der Parkbucht waren drei Stühle aufgestellt, welche mit einer Luftballongirlande verbunden waren. Ein großes Schild hing in der Mitte mit der Aufschrift:

BITTE FREIHALTEN. DIE VERRÜCKTE BUSFAMILIE KOMMT HEUTE WIEDER!

> Das war bestimmt Tom. Sehr süß!<<, vermutete Maja.
> Dann machen wir mal auf uns aufmerksam!<<
Doch bevor ich den Fußschalter der „bösen" Hupe treten konnte, rief Maja:
> STOPP! Einmal will ich!<<
> Unbedingt!<<
Ich verließ den Fahrersitz, um Maja den Platz frei zu machen. Mit voller Wucht trat sie auf den Hupenschalter und ließ sie dreimal laut ertönen.
> Eigentlich finde ich die gar nicht so böse. Ab jetzt nennen wir die Hupe: Glücks-Hupe! Einverstanden!<<
> Alles was du willst, mein Glück!<<, willigte ich ein und gab ihr einen Kuß. Aus dem Augenwinkel sah ich, wie Tom freudestrahlend aus seinem Haus lief...

ENDE